古代文史名著选译丛书

主编 章培恒 安平秋 马樟根

# 宋四家词选译

修订版

译注 王晓波
审阅 倪其心

凤凰出版传媒集团 凤凰出版社

**图书在版编目（CIP）数据**

宋四家词选译 / 王晓波译注. -- 南京 : 凤凰出版社, 2011.5

（古代文史名著选译丛书）

ISBN 978-7-5506-0404-9

Ⅰ. ①宋… Ⅱ. ①王… Ⅲ. ①宋词－选集 Ⅳ. ①I222.844

中国版本图书馆CIP数据核字(2011)第046069号

| | |
|---|---|
| **书　　名** | 宋四家词选译 |
| **译 注 者** | 王晓波 |
| **责任编辑** | 樊　昕 |
| **出版发行** | 凤凰出版传媒集团<br>凤凰出版社(原江苏古籍出版社)<br>南京市中央路165号　邮编　210009<br>发行部电话025-83223462 |
| **集团网址** | 凤凰出版传媒网　http://www.ppm.cn |
| **照　　排** | 江苏凤凰制版有限公司 |
| **印　　刷** | 江苏凤凰通达印刷有限公司<br>南京市六合区冶山镇　邮编 211523 |
| **开　　本** | 960×1304毫米　1/32 |
| **印　　张** | 7.875 |
| **字　　数** | 128千字 |
| **版　　次** | 2011年5月第1版　2011年5月第1次印刷 |
| **标准书号** | ISBN 978-7-5506-0404-9 |
| **定　　价** | 16.00元 |

(本书凡印装错误可向承印厂调换,电话:025-57572508)

# 《古代文史名著选译丛书》编委会

# 《古代文史名著选译丛书》修订版出版说明

呈献在读者面前的这套《古代文史名著选译丛书》是2011年的修订版。全书共134册,包括了中国从先秦至清末两三千年间的著名典籍。每部典籍都选其精粹(《论语》《老子》则全文收录),收录原文,加以简明的注释,力求准确地译为现代汉语,并于每一篇之前写有对该文的提示性说明。这是近一个世纪以来,规模最大、收录种类相对齐全、译注质量较高的一套普及传统文化的今译丛书。

这套丛书,原在1992年—1994年由巴蜀书社分三批出齐,印行过万套;不久,又由台湾的出版机构买去海外版权在台湾及海外发行,可见这套丛书当年在两岸受欢迎的程度。时隔17年,丛书编委会决定重新修订，改由江苏凤凰出版集团所属的凤凰出版社出版。

这套丛书是由教育部属下的全国高等院校古籍整理研究工作委员会(简称古委会)于1985年策划的。古委会组织了全国18所大学的古籍整理研究所的所长任编委会编委，由我们三人任主编，在全国范围内选请学有专长的学者承担各书的译注。从1986年—1992年，历时7年完成。当时，编委会制订了严明、可行的体例和细则，译注者按要求完成书稿。每部书稿完成后，都在全国范围内请编委会之外的专门研究这一学术领域的两位专家初审，合格后再请两位编委参照初审意见审改，然后退还原译注者改正。待原译注者改正后，再由编委会集中常务编委和部分编委、相关专家在一地将每部书稿从头至尾审改。这样的集中审稿会一般都在8—15天，7年中开了12次审改会。审改后，三位主编再集中在一起逐一审定，交付出版社。这一工作程序，使得这套丛书的译注质量有了一定的提高。所以，这套丛书，在一定程度上是个人与多人合作的结果。关于这套丛书的编纂始末，我们曾在1992年4月全书交稿后写有一篇文章，这次附在修订版书末，便于读者了解。

这次修订，是交由原译注者自己修改。少数译注者已去世，则书稿一仍其旧。个别译注者已联系不上，也保持原貌。

1992年—1994年出版时，书前有当时古委会主任周林先生写的序。周林先生是这一丛书的发起者。他已于1997年6月去世，至今已14年了。为了尊重历史，也为了纪念他，修订版仍用他的序。

我们三人在1985年—1992年主持这套丛书工作时，年龄大的是从51岁到58岁之间，年龄小的是从44岁到51岁之间，那时尚有精力组织、参与这一工作，今天我们都已年逾古稀。全书修订版出版之际，心情似乎比当年更惴惴不安地期待着读者的评头品足，期待着不要对读者贻误太多。

回想这套丛书，真应该感谢我们的祖先为我们留下了这样深厚、丰富的思想、文化遗产，使我们今天仍然受用无穷。应该感谢这套丛书的全体译注者、审阅者、编委和当年的出版者巴蜀书社、今天的出版者凤凰出版社，是他们的学识、辛勤与真诚使得这套丛书得以面世。

**章培恒　马樟根　安平秋**

2011年3月15日

# 序





《古代文史名著选译丛书》与广大读者见面了。这是丛书编委会的同志与众多专家学者通力协作、辛勤耕耘的结果。

中华民族在五千年漫长的岁月里，创造了光辉灿烂的文化，给人类留下了丰富的精神财富。“观今宜鉴古，无古不成今”。今天，以马克思主义的科学理论为指导，整理研究我国古代文化典籍，做到汲取精华，剔除糟粕，古为今用，推陈出新，使人们在正确认识民族历史的同时，得到爱国主义的教育，陶冶道德情操，提高全民族的文化素质，促进社会主义文化的繁荣，使文明古国的历史遗产得以发扬光大，这是我们每个炎黄子孙的责任。而要做到这样，对古籍进行整理与研究是重要的基础工程。但是，整理与研究古籍仅作标点、校勘、注释、辑佚还不够，还要有今译，使老年人、中年人、青年人都愿意去读，都能读懂，以便从中得到教益。

基于以上认识，全国高等院校古籍整理研究工作委员会于1986年5月组成了以章培恒、安平秋、马樟根三位同志为主编的《古代文史名著选译丛书》编委会，确定了以全国十八所大学的古籍整理研究所为主力承担这一看似轻易、实则艰巨的今译任务。在第一次编委会议上，拟定了《凡例》、《编写与审稿要求》、《文稿书写格式》和一百余种书目。以每一种书为十万至十五万字计算，这套丛书大约有一千余万字，应该说是一项大工程。经过一年的努力，完成了第一批三十六部书稿的译注任务。在各研究所的专家与所长把关的基础上，于1987年5月和7月，先后在复旦大学、北京大学召开了部分编委参加的审稿会，通过了二十五部书稿，作为《古代文史名著选译丛书》与广大读者见面的第一批作品。与此同时，在1987年7月6日，邀请了在京的十几位专家教授与编委会十几位编委一起座谈这套丛书与古籍今译的问题。专家们肯定了今译工作的必要性与深远意义，并以他们数十年的教学科研和创作的经验，说明今译是一项难度很大的工作，是培养人才，使之打下坚实基本功的一种有效方法；专家们还对《古代文史名著选译丛书》提出了宝贵的建议，这对当时的审稿工作和保证《丛书》的质量起了很好的作用。

实践证明，古籍的今注不易，今译更难。没有对作品的深入、透彻的研究，没有准确、通俗、生动的语言表达能力，要想做好今译是不可能的。两年多来，全国高等院校古籍整理研究工作委员会在探索古籍的今注、今译的道路上，做了一些工作。这部丛书的出版，是系统今译的开始，说明古籍整理研究工作有了新的进展。更可喜的是，一批中青年学者参加了今注今译工作，为古籍整理增添了新生力量，相信他们会在实践中，在学习中，成长成熟。我希望，这套丛书的编委会和高校各古籍整理研究所要敞开大门，加强同国内外专家学者的联系，征求他们和广大读者的意见，并向有真才实学而又适宜做今译工作的专家学者约稿，以提高古籍译注的水平，使《古代文史名著选译丛书》的第二批、第三批作品的质量更上一层楼。

这是一套以文史为主的大型的古籍名著今译丛书。考虑到普及的需要，考虑到读者对象，就每一种名著而言，除个别是全译外，绝大多数是选译，即对从该名著中精选出来的部分予以译注，译文力求准确、通畅，为广大读者打通文字关，以求能读懂报纸的人都能读懂它。我希望这套丛书能成为中小学教师的语文、历史教学的参考书，成为大专院校学生的课外读物，成为广大文史爱好者的良师益友。由于系统的古籍今译工作还刚刚起步，这套丛书定会有不少缺点、错误，也诚恳地希望读者批评指正。

巴蜀书社要我为这套丛书写序，我欣然接受了。我相信这套丛书不仅会使八十年代的人们受益，还将使子孙后代受益，它将对祖国的繁荣昌盛起到点滴的作用。最后借此机会向曾给予我们支持、帮助的专家学者和巴蜀书社的同志表示衷心的感谢！并殷切地希望台湾同胞、港澳同胞、海外侨胞和我们一同做好祖先留给我们的文化遗产的整理工作，为中华民族灿烂的文化再放异彩而努力！

**周　林**

1987年10月于北京

# 目　录

# 前 言

## 一

宋代是词的全盛时期。柳永、秦观、周邦彦、姜夔,是两宋词坛上享有盛名、很有影响的四大作家。他们对宋词的发展和创造都作出了重大的贡献。

柳、秦、周、姜虽然生活的年代不同,但他们个人的遭遇却有某些相似之处。柳、秦二人一生道路坎坷曲折,仕途极不顺利。周邦彦则是“浮沉州县”(王明清《挥麈馀话》卷一),“飘零不偶”(《重进汴都赋表》);即使还朝任职,也是一个郁郁不得志的“京华倦客”;直到晚年,仕途才稍为显达。姜夔更是一生漂泊，以布衣终老。这些相似的人生经历，表现在他们的词作里，有着某些相近的内容和类似的情调。如羁旅行役之愁，相思离别之苦，漂泊无偶之叹，怀乡念旧之感，等等。在词的艺术形式上，柳永首先开创了长调慢词，扩大了词所表现的领域，成功地在词里运用民间口语以及铺叙描述的手法，使词这种特殊的抒情诗歌形式，更适合于表现日益繁富的社会生活中的各种感受，从而在社会上获得了广大的声誉，引起了词坛的重视。秦观接受了柳永词的影响，例如他著名的《满庭芳》词，不仅在意境上与柳永的《雨霖铃》相似，而且，其中的"销魂，当此际"两句，就是"柳词句法"，因此遭到过苏轼的讥讽（见黄昇《花庵词选》卷二）。比秦观稍后的周邦彦，全面继承了柳、秦词的成果；而处于南宋后期的姜夔，则承袭了周邦彦的词风。但是，柳、秦、周、姜各自所处的生活背景不同，自身遭遇也不完全相同，他们的人生态度、审美情趣毕竟存在着很大的差异；而且，四位词人在创作上都不是单纯地师承一家，而是博采众长，自铸新辞。他们在各自的创作道路上，都能超越前辈的畛域，各以不同的艺术风格并显所长，具有自己独特的艺术个性。因此，从柳永到秦观、周邦彦，从周邦彦到姜夔，四家文人词的创作，经历了一个递承发展变化的过程。

然而，尽管他们的词作都不同程度地扩展了词的题材，突破了唐、五代、宋初一般小令艳科的格式，改变了那种只抒发一瞬间情思的写法，但是，以柳、秦、周三人的词而言，他们的婉约词风，都还没有从“词为艳科”这一传统观念的束缚下解放出来；姜夔虽然在婉约中另开清空刚健一脉，但内容上也是多写个人身世恋情，而且过多地像他写诗那样，把词当作了自己“陶写寂寞”的工具(《白石道人诗集自序》)。其次，柳、秦、周、姜四人，对词的音律都深有研究，皆是当行本色。他们的词，不仅协合音律，而且还都创制了新的词调。这是他们胜过晏殊、欧阳修、苏轼、王安石、曾巩等人之处。但是，从柳永到姜夔，由于讲究音律，注重词的格律化，并过分讲究写作技巧，而词风也逐渐趋于雅正(到姜词时，已将俚词完全排斥)，因此，反映现实的面都不够广。只是他们之间，程度有所不同罢了。四家词的题材都比较狭窄，不能与苏轼、辛弃疾等豪放派词人相比拟。对后世词坛，无疑起到了一定的消极影响。

在我们今天看来，四家词作都各自存在着这样或那样的缺点，但瑕不掩瑜，他们在创作中所取得的成就还是主要的，特别是他们创造的写作经验和艺术技巧，一直都影响着后世的词家；而他们创作的那些精美的、具有代表性的名篇，千百年来，被人们广为传诵，受到了普遍的喜爱，证明了它们不朽的艺术生命力。

## 二



柳永(约 987—约 1053)，字耆卿，崇安(今福建省县武夷山市名)人。原名三变，字景庄。排行第七，故世称柳七。

柳永生活在一个有儒学传统的仕宦家庭。父亲柳宜，南唐时为监察御史，入宋后官至工部侍郎；长兄柳三复，次兄柳三接，也都由进士走上仕途。在家庭环境的熏陶下，青少年时期的柳永，也非常期望走“学而优则仕”的道路。

可是，柳永的政治道路并不平坦。尽管宋初人才缺乏，录取进士的名额较大，但柳永却接连落榜。为此，他怀着激愤的心情，写了一首《鹤冲天》词，发泄怀才不遇的牢骚。据说这首词传入宫中后，引起了宋仁宗的不满，以致后来的一次考试，柳永本已通过，临放榜时，宋仁宗特地把他黜落，并且说："且去浅斟低唱，何要浮名！"（吴曾《能改斋漫录》卷十六）柳永其时在四十岁左右。他在如此沉重的打击下，于是自称"奉圣旨填词柳三变"（胡仔《苕溪渔隐丛话后集》卷三十九引《艺苑雌黄》），带着嘲弄的态度，怀着辛酸失意的情绪，走上了专力创作歌词的道路。直到景祐元年（1034），他才考中进士，相继在睦州（今浙江建德县）、定海做了十多年的小官。后来改名为永，方得迁为京官，官至屯田员外郎，世人因此称他叫柳屯田。最后，死于江苏镇江的僧舍。

柳永一生不得志。死后，作品也散佚不全。他的词集名《乐章集》，在南宋时，还保存有九卷（据《直斋书录解题》卷二十一），到清代修《四库全书》时，仅有一卷存世（《彊村丛书》分为三卷），有词二百零六首，加上集外传词六首，共存二百一十二首。另存七言古风《煮海歌》一首，反映了盐民悲惨的生活。

柳词有三分之二以上为长调慢词。这种曲调舒缓的新声新词，对宋代的慢词，起到了奠基的作用。他的小令、中调也写得非常出色，同样保持了自己的风格特点。

柳永风流浪漫，为举子时，便常为歌妓填词；科场失利后，他滞留京都，出入坊曲，遍游歌馆，还到苏州、杭州度过一段时间。他为了求得经济上的一些资助，为民间乐工歌妓创制了大量表现市民生活情趣的慢词。其中，有蔑视功名利禄的《传花枝》、《鹤冲天》，表现了作者对现实的不满。更多的词，反映了下层妇女的生活。例如《迷仙引》、《倾杯乐》、《集贤宾》等词，描写了不幸歌妓对自由正常的夫妻生活的渴望。这些以歌唱为生的乐妓，卖艺而非卖身，但在社会的歧视和恶势力的摧残下，她们的遭遇往往是很不幸的。作者在词里，流露了对这些被侮辱与被损害的歌妓的同情。还有不少词如《定风波》、《昼夜乐》、《击梧桐》等等，描写了这些下层女性爱情生活中的痛苦。作者创制的这些长调慢词，多采用生动活泼的民间口语，语意刻露，也不讲究含蓄，但它却以清新的面貌，一扫五代“花间”派以来的陈旧辞藻和典雅之风。如《定风波》写一个女子对她情人的思念，大部分篇幅都用女子自叙的口吻，大胆直露地道来。正是由于这种浅近无余的写法，他的这类俚词，受到正统文人的轻视，被斥之为“词语尘下”，“声态可憎”。今天看来，柳永这些通俗词，表现的是新兴市民阶层的真实生活和真实感情，比起专供统治阶级歌筵舞畔消遣助兴的雅词来，其进步性是明显的。至于柳永为迎合市民的低级口味，也有些歌词写得庸俗猥亵，像《菊花新》等，自是作者病态心理的一种反映，理应受到摒弃。

柳永抒写羁旅情怀的慢词，像《雨霖铃》、《八声甘州》、《夜半乐》、《凤归云》等，都是代表性的名篇。陈振孙在《直斋书录解题》中说柳词“尤工于羁旅行役”。柳永这类近雅的词，情景交融，形神兼备，善于将身世之感，失意之悲，消溶于离情别绪之中，并利用自然景色的层层渲染烘托，使感情逐步深化。在发端、结尾、换头处，尤见功力；题意虽同，章法多变，而无雷同之病。小令如《凤栖梧》、《少年游》等，也写得耐人寻味、凄楚感人。苏轼曾特别赞赏《八声甘州》中“渐霜风凄紧”以下三句，认为“不减唐人高处”（见赵令畤《侯鲭录》卷七），给予了很高的评价。

柳永生活的真宗、仁宗两朝，是宋代比较安定繁荣的时期，部分柳词描绘了当时的都市风情，反映了那个时期都市的繁盛景况。其中，有汴京元宵千门万户的灯火（《迎新春》）、清明前后的“万家竞奏新声”和“斗草踏青”（《木兰花慢》）；金陵、苏州、扬州、杭州等都市的“承平气象”，在他的词里，都“形容曲尽”（《直斋书录解题》）。范镇说：“仁宗四十二年太平，镇在翰苑十余载，不能出一语歌咏，乃于耆卿词见之”（祝穆《方舆胜览》卷十一）。这些词作，不仅具有较高的文学价值，而且也有一定的史料意义，虽然作者对生活还缺乏深刻的理解，描绘的只是一种表面的繁荣。



宋词“至柳永而一变”（《四库全书总目提要》），他创制的长调慢词，音律谐婉，语意妥帖，增加了篇幅，扩大了词的容量，在艺术形式上有着革新的意义。在写法上，柳永创造性地把传统的“赋”的手法运用到词中，铺叙展衍，不用比兴夸张，也能收到好的艺术效果。在结构上，柳词能在铺叙中做到层次清楚而又富于变化，前呼后应而和谐完整，显示了柳永驾驭长篇的才力。其次，善于运用白描的手法，采用民间口语，而绝无晚唐五代词雕琢的习气。即使是那些反映游宦生活的近雅的词作，虽无俚俗之语，但仍是精炼的白话。以上特点，在《八声甘州》、《望海潮》、《雨霖铃》、《曲玉管》等词中，就不难看到。

柳词在当时流传最广，以至“凡有井水饮处，即能歌柳词”（叶梦得《避暑录话》），说明柳词的内容和表现形式，都易为普通市民所接受。它不仅为以后的文人总结了写作慢词的经验，也为金元的说唱文学和戏剧曲辞的创作，提供了足资借鉴和取法的营养。

## 三

秦观（1049—1100），字太虚，后改字少游，别号淮海居士，扬州高邮（今江苏高邮市）人，宋神宗元丰八年（1085）进士。哲宗元祐年间，因苏轼的推荐，任太学博士，充国史院编修官。绍圣初年，章惇等新党执政，他连遭贬斥。徽宗即位，被命放还，途经藤州（今广西藤县），在光化亭内饮酒时猝死。

秦观出身于一个中落的地主家庭，他一生的道路坎坷曲折。熙宁、元丰期间，他屡试进士不第；入仕后，仕途也极不顺利。旧党得势时，他在洛蜀两党的斗争中因依附蜀党，虽备受攻击，但在元祐五年(1090)至八年(1093),在他一生中还算比较顺利和得意的。新党上台后,他受到牵连,遭受到了接连不断的打击。先出为杭州通判,赴任途中改贬处州(今浙江丽水)监酒税,又削职徙郴州(今湖南郴州市),继编管横州(今广西横县),又徙雷州(今广东雷州市),他和苏轼一样,愈谪愈远,一直到死。

作为苏门四学士之一的秦观,诗、文、词均有名,而以词的成就为最高。今存宋本《淮海居士长短句》三卷,有词七十七首,今人还辑得三十余首。"少游性不耐聚稿"(毛晋汲古阁《宋六十名家词》本《淮海词跋》),散佚的词当不少。

秦观现存词数量不多,内容单薄。他早期的词,大都写男女的相思相恋和离愁别苦,且多为小令。其中一部分是为乐工歌妓撰写的歌词。如《浣溪沙》一、二、三、五,《调笑令》十首等,风格妩媚,宛如女郎。有的词活泼明快,语言俚俗,如"软顽"、"罗皂丑"、"孛罗"(《满园花》),"怎得香香深处,作个蜂儿抱"(《迎春乐》),"若说相思,佛也眉儿聚"(《河传》)等,明显看出柳永词对他的影响,也是作者青年时狎邪生活的一种反映。

青年时期的秦观,也曾有过远大的政治抱负。

史称他慷慨豪俊，强志盛气，喜读兵书（见《宋史》本传）。表现在现存的词作中，可惜不多。一是写于元丰初年的《望海潮》其一，铺写扬州的繁华富丽，揭露隋炀帝的豪奢侈张，曲折地反映了作者对政治的关心。二是《雨中花》，描写幻想中的仙境，想象奇妙瑰丽，境界也比较开阔，表现了作者积极向上的精神。可是，在科场屡遭挫折，特别是在政治上受到打击之后，他便灰心丧气，悲观失望，因此，秦观词带有浓厚的感伤情调，这与他的身世是分不开的。例如，作于元丰二年（1079）的《满庭芳》（山抹微云）便是把离情别绪与抑郁失意的心情融合在了一起。《望海潮》其二，吊古感怀，也带有消沉的色彩。贬谪后的词，如《踏莎行》、《千秋岁》，则是作者痛苦孤寂心境的写照；《好事近》表面颇旷达，骨子里却隐藏着深沉的痛苦；即使是写儿女之情的，如《江城子》三首，《临江仙》其二，《虞美人》三首，情调极其凄婉，也暗含有作者的身世之感。

爱情词在作者词中略占半数。有的含有比兴寄托，而单纯歌咏爱情婚姻的也不少。如《鹊桥仙》赞美纯真的爱情，《调笑令》中《无双》、《烟中怨》、《离魂记》，歌咏自由的婚姻，对包办的封建婚姻制度有较明显的批判，具有一定的积极意义。《一落索》、《一丛花》、《南歌子》等恋词，也没有狎弄的情调。而且，那些不幸的歌妓娼女，在作者的笔下，与良家女没有什么不同，比起柳永的这类词来，格调自是高出一筹。

秦观与北宋晏几道、贺铸、柳永虽同属婉约派词人，但词的风格却各不相同。他的词，具有柔婉清丽、平易含蓄的艺术风格，而且，“情辞相称”（沈雄《古今词话》引），内容与形式和谐统一，因此，历来被誉为“词家正音”（胡薇元《岁寒居词话》）。例如《满庭芳》词，作者的感情与自然景色完全融为一片，用“微云”、“衰草”、“斜阳”、“流水”等意象，组织成了一种凄迷感伤的艺术境界。其中“山抹微云，天粘衰草”中的“抹”、“粘”二字，精炼贴切而又显得毫不费力。秦观词少用典，即使用，也溶化无滓，如同己出。即如上举词中“斜阳外”三句，融化前人诗句，不仅使人不觉，而且还别寓深意。

用词抒写羁旅行役之情，是柳永的开创，但往往揉于男女相思中。秦观词开始摆脱这种寄寓的方式。如《千秋岁》、《踏莎行》，直抒其情而又不失含蓄委婉，显示了秦观词艺术上的创造性。

秦观词远绍南唐。它的语言和手法不像温庭筠、韦庄那样“摛金布绣”，也不像柳永词那样尽情发泄。他和苏轼、黄庭坚等词人在慢词上相继有作，使慢词创作逐渐兴盛。特别是他的柔婉清丽的词风，加上词的平仄协调，音律和谐，旋律优美等艺术特点，把婉约词发展到了一个新的阶段，对周邦彦、李清照等词人，都产生了较大的影响。但秦观词题材狭窄，内容单薄，俚词中也存在一些不健康的成分，词风也失之纤弱。这些，前人早有批评，这主要是他思想和性格的局限所造成的。

## 四

周邦彦(1056—1121)，字美成，自号清真居士，钱塘(今浙江杭州市)人。少年时落魄不羁，“不为州里推重，而博涉百家之书”(《宋史》本传)。神宗元丰初为太学生，七年(1084)，因献《汴都赋》受到神宗赏识，被提拔为太学正(太学里管训导的官)。哲宗元祐三年(1088)外放，浮沉州县，经历了整整十年。其后被召还朝，又度过了十四年“京华倦客”的生活，以后又外放州县。徽宗政和六年(1116)，六十一岁的周邦彦自明州(今浙江宁波市)入为秘书监,进徽猷阁待制,提举大晟府(中央音乐机关)。约两年左右,又因事被牵连外放,一直到死。

据《宋史·艺文志》载,周邦彦有《清真居士集》十一卷,久佚。现存词集,以今人吴则虞先生校点本《清真集》(一名《片玉词》)收词最多,有词206首。

周词的主要内容是写男女之情,这与作者滞留汴京期间流连坊曲的生活有关;其次是描写去国离乡旅况凄凉的羁旅行役词。吊古感今的,仅《西河》一首。内容狭窄,思想性贫乏,比之柳永、秦观词为甚。正如王国维所评:"创调之才多,创意之才少。"(《人间词话》)它的成就,主要在词的艺术技巧上。

周邦彦词长于铺叙,这是与柳永词的相同之处。但是,在写作技巧上,周词有新的创造和发展。陈振孙说他的慢词长调"尤善铺叙,富艳精工"(《直斋书录解题》卷二十一),是十分中肯的评价。

柳永词的铺叙,往往多是平铺直叙而结构简单,尽情描绘而备足无余。周词则通过顺叙、逆叙和补叙等多种铺叙方法,回环往复,在结构上显得曲折多变。在写景、抒情、叙事中,既能做到情境浑融,又往往是点到为止,有含蓄蕴藉的艺术效果。

在长调慢词中，周词多运用曲折的章法，叙述一件首尾较完整的事情，而这种叙事，又不影响其抒情效果。本书所选《瑞龙吟》、《兰陵王》、《满庭芳》、《六丑》、《花犯》等词，皆可见以上艺术特点。即使小令，周词的叙事性也较强，情致也相当含蓄。如《少年游》（朝云漠漠散轻丝）、（并刀如水）、《阮郎归》等。

周词长于"艳语"，明显地受到了秦观词的影响。但秦词"淡艳"，周词"富艳"，淡妆浓抹，风格有所区别。它和秦观词的不同，还有较显著的两点：一是秦词少用典故，而周词善于融化前人诗句。陈振孙说周词"多用唐人诗语隐括入律，浑然天成"（引同上）。例如《西河》一词，融化刘禹锡两首诗而能做到浑然无迹，极见其艺术功力；二是秦、周二人都妙解音律，但较之秦词，周词更是辨析入微，精审严密，"所制诸调，不独音之平仄宜遵，即仄字中上、去、入三音，亦不容相混"（《四库全书总目提要》）。由于他深谙音律，词中常用拗句、去声，从而形成了一种拗怒激越的音韵特色。例如《兰陵王》一词，拗句竟达十多处，去声字用得更为普遍。"回头迢递便数驿"句，就连用了"递"、"便"、"数"三个去声字。还连用六个仄声字结尾："似梦里，泪暗滴。"中间四字，皆为去声。但拗怒之中，又具和婉之美。因此，后世讲究格律的词人，皆把周词奉为标准，使词愈向形式化的方向发展。

周词还擅长于写景状物。如《苏幕遮》写荷花，《玉楼春》写黄昏景色，《满庭芳》写江南初夏景物等等，或形神兼备，或状物新奇，都非常出色。综而言之，周邦彦词思想境界不高，它对后世词坛的影响，主要在它的艺术成就上。由于周邦彦吸取了婉约派各家之长，在写作技巧上穷极变化，因而被称为"集大成者"(周济《〈宋四家词选〉目录序论》)。



## 五

姜夔(约1155—约1221)，字尧章，别号白石道人，饶州鄱阳(今江西鄱阳县)人。其父名噩，绍兴三十年(1160)进士。姜夔少年时随父宦游汉阳(今湖北武汉市)。父死，流寓于湘、鄂之间。约三十岁时，在湖南遇见诗人萧德藻，萧氏赏识他的文才，把侄女嫁给他，并带他寓居于湖州(今浙江湖州市)。后经萧氏介绍，姜夔在杭州谒见了著名诗人杨万里。他的诗受到了杨氏的赞许，于是写诗引见他赴苏州，结识了曾任副宰相的诗人范成大。后来，他又纳交了寓居杭州的张鉴(南宋大将张俊的后代)，并受知于朱熹。庆元二年(1196)他移家杭州，后在贫病交迫中死于西湖之畔。

姜夔一生未入仕途。他精通音律，曾于庆元三年(1197)向朝廷上书论雅乐，进《大乐议》、《琴瑟考古图》，但未获进用；两年以后，又上《圣宋铙歌十二章》，得免解(不必经地方考选的手续)参加礼部进士考试，但仍未及第。他一生除卖字外，常往来于苏、杭间，依靠萧德藻、范成大、张鉴等人为生。但是，姜夔毕竟与南宋后期一般无行的江湖游士不同，他所结交或寄食的人，如上举萧、杨、范、朱，和他晚年相交的辛弃疾，都是重名节、有德行的著名诗人或政治家。张鉴有庄园在无锡，曾经要割赠良田供养姜夔，姜夔也谢绝了。可见姜夔还不失为一个狷洁耿介的清高之士。

姜夔的著述，可考者有十二种。今犹存有《白石诗集》、《诗说》、《续书谱》等数种。他的词成就和影响最大。词集《白石道人歌曲》有词八十余首。其中，交游酬赠的有十多首，眷怀恋人的有近二十首，其余多是咏物和抒写飘零之感的词。也有少数词表现了作者对现实和国事的关心。如"最可惜、一片江山，总付与啼鴂"(《八归》)，"却笑英雄无好手，一篙春水走曹瞒"(《满江红》)、《凄凉犯》(绿杨巷陌)以及本书所选的《扬州慢》、《永遇乐》等。但是，由于作者主要生活在宋金妥协议和的孝宗、光宗、宁宗三朝，狭窄的生活圈子，又使他不可能深刻地认识现实，因此，只是有所感触，感情是不够深切的。

北宋词发展到周邦彦，词风渐趋典雅。姜词继承了周词雅的方面加以发展，而一扫俚俗。他适当地吸收晚唐诗人的手法，又把江西诗人瘦硬的笔法引入词中，从而形成了自己清幽刚健的独特风格。他的恋情词，情感真挚，格调高旷，俗处能雅，绝少浮艳之辞。本书所选《小重山令》、《踏莎行》、《点绛唇》、《江梅引》等，都是用刚健的笔法，写缠绵缱绻的柔情，辞句精美，寄意含蓄，体现了作者的风格特色。

由于姜夔的词作主要是用来寄托自己落寞幽独的心情，所以，姜词的主观感情色彩较重。如《齐天乐》、《鹧鸪天》(巷陌风光纵赏时)和上举《点绛唇》等，都很明显地体现了这一特色。前人用"清空"二字评姜词，也正是着眼于此。

讲究词的音律，注重研辞炼句和写作技巧，是周、姜两家词的共同倾向，也是周词影响姜词之所在。但比较而言，姜词更能较大地摆脱形式的束缚而注重内容。最明显的，体现在他词的音律上。他在自制曲《长亭怨慢》小序中说："予颇喜自制曲，初率意为长短句，然后协以律，故前后阕多不同。"这与依调死填的形式主义方式，是完全不同的。这类"自制曲"、"自度曲"，在他的词中，共有十二首。此外，在词的声调上，姜词也能从内容的需要出发而有所突破，并能做到音调谐婉，声韵精美。《四库全书总目提要》说他"尤善自度新腔，故音节文采，并冠绝一时"。先成辞，后制谱，这是姜夔新的创造，也是北宋以来的婉约派词人所不及之处。总的说来，尽管姜词还存在着雄健不足、意境浅狭、内容单薄等缺点，但他在艺术上所取得的突出成就，不仅影响宋末的王沂孙、张炎等人，而且还下开朱彝尊等浙派词人。他和柳、秦、周三家词，在宋词发展史上，都占有重要的地位。

这个普及性的读本，共选译了柳永、秦观、周邦彦、姜夔四家词60首，每人15首。本书除柳永词以《彊村丛书》所收《乐章集》为底本，选目次第依它本有所变动外，其余三家词，选目各依原有次第。文字上，都参校了《全宋词》及其他尽可能找到的版本，择善而从，未加注明。在撰写过程中，也曾参考并吸收了国内一些学者和专家的研究成果，未一一加注，并在此说明和致谢。

本书对原词的翻译，务求直译；直译难惬意时，才间以意译辅之。注释是对译文的补充，它和译文、提示，都是为了帮助读者能更好地理解原词。由于笔者学识所限，疏误在所难免，恳切期待着读者和专家的批评指教。



**王晓波**（四川大学图书馆）

# 柳　永

## 昼　夜　乐

这是一位妓女思念她心上人的词。上片回忆从前欢会热恋的情景，下片抒写今日离别相思的痴情。它直抒胸臆，毫无顾忌、真实而显著地表现了当时善良的妓女对爱情追求的矛盾苦闷，曲折地传达出这些不幸女性对正常爱情生活的向往。

洞房记得初相遇①，便只合②、长相聚。何期小会幽欢，变作离情别绪。况值阑珊春色暮③，对满目、乱花狂

① 洞房：深邃的内室。 ② 只合：只应该。 ③ 阑珊（lán shān 兰杉）：衰落、将尽的意思。

絮。直恐好风光①，尽随伊归去②。　　一场寂寞凭谁诉③？算前言④、总轻负。早知恁地难拚⑤、悔不当时留住⑥。其奈风流端正外，更别有、系人心处。一日不思量，也攒眉千度⑦。

**【翻译】**

记得洞房中初次相遇，
便觉得只该永远相聚。
哪里期望那短短相会，偷偷欢爱，
会变成了这千种离情，万种别绪。
何况当时残春将过，
满眼是，乱落的花儿，狂飞的柳絮。
简直就只怕大好春光，
尽都随他归去。

如今这一番寂寞，叫我向谁倾诉？
我料定从前的诺言，总是轻轻辜负。
早知道，我这样地难舍忘不了他，

---

① 直恐：简直害怕。 ② 伊：他，指心上人。 ③ 凭：依靠，对着。 ④ 算：料定。 ⑤ 恁（rèn 任）地难拚：如此难以割舍。 ⑥ 当时留住：留在妓院，不让他离开。 ⑦ 攒眉：皱眉。

真后悔当初我没有将他留住。
怎奈他不单风流又端正，
更有一种说不出的动人心处。
只要一天不想他，
我也会皱眉千次多痛苦！

## 鹤冲天

这首词抒泄科举落第的不平，表现作者玩世不恭、放浪形骸的人生态度，显示了他狂傲洒脱的性格，以及市民意识的思想根源。据南宋吴曾《能改斋漫录》卷十六记载这首词传播出去后，作者又参加考试，本已考中，但宋仁宗把他除名，说："且去浅斟低唱，何要浮名！"可见它相当大胆地触犯封建统治的尊严、甘为封建阶级贰臣逆子的反抗精神。但也应当看到，这反抗行为是颓放的、扭曲的、畸形的。

黄金榜上①，偶失龙头望②。明代暂遗贤，如何向③？未遂风云便④，争不恣游狂荡⑤？何须论得丧！才子词人，自是白衣卿相⑥！　　烟花巷陌⑦，依约丹青屏障⑧。幸有意中人，堪寻访。且恁偎红倚翠⑨，风流事，平生畅。青春都一饷⑩。忍把浮名，换了浅斟低唱！

【翻译】

金榜无名，偶然失去状元的希望。

圣明时代，暂时漏掉贤才，

有什么办法可想？

不得顺利实现风云会合的理想，

怎不能放任遨游纵情放荡？

---

① 黄金榜：科举考试录取的名榜。相传战国时燕昭王筑台于易水之滨，置千金于其上，以招聘贤士，后世称为“黄金台”。这里用来比喻科举本寓招贤之义。 ② 龙头：状元的别称。与“鳌头”义同。 ③ 如何向：怎么办。 ④ 风云：比喻人的际遇。《易经》“乾卦”说：“云从龙，风从虎，圣人作而万物睹。”后世以龙虎遇会风云，比喻人才恰逢机遇。便：顺利。 ⑤ 争：怎。恣：放任。 ⑥ 白衣：古代平民身着白衣，因以称无功名的人，犹如称“布衣”。白衣卿相：是说虽然没有功名，但与功名显赫的上卿宰相一样称心如意。 ⑦ 烟花巷陌：指妓院所在街巷。 ⑧ 丹青屏障：指妓院里雕画屏风之类。 ⑨ 恁（rèn 任）：这样。 ⑩ 都：总共。饷：通“晌”，一会儿。

何必计较得失短长！
就做一个才子词人，
自然是个一身布衣的公卿宰相。

来到烟花迷濛的街巷小路，
隐约看见院落里彩绘的屏障。
幸好这里有我的意中人，
值得我去寻访。
聊且这样依偎着穿红着绿的佳人，
这风流韵事，
也使我一生情怀欢畅。
青春年华总是转瞬即逝，
索性把那浮名丢一旁，
换来了慢慢儿斟酒，轻轻儿吟唱。

# 曲玉管

这一词牌、曲调，旧称“双拽头”。全词共分三叠，即三段。一叠自首句至“忍凝眸”，二叠自“杳杳神京”至“思悠悠”，两叠曲调相同，实为重复，但歌词不同，词意相承相关。“暗想当初”起换头，即过片，下片为三叠。前二叠仿佛是三叠的两个上片，故称“双拽头”。此词抒写仕途失意与冶游离恨交织在一起的惆怅。第一段写清秋旅途所见关河萧条景象，触发仕途失意之情。第二段写怀念京城冶游的情人，感慨自己如孤雁之失落。第三段紧承“思悠悠”，直诉冶游反成离恨，旅游更增惆怅的感伤情怀。全篇情景相融而往复交织，前后照应而层次不乱，显示了作者善于铺叙的艺术手段。

陇首云飞①，江边日晚，烟波满目凭阑久。一望关河萧索②，千里清秋，忍凝眸③？　杳杳神京④，盈盈仙子⑤，别来锦字终难偶⑥。断雁无凭⑦，冉冉飞下汀洲⑧，思悠悠。　暗想当初，有多少、幽欢佳会，岂知聚散难期，翻成雨恨云愁⑨，阻追游。悔登山临水，惹起平生心事⑩，一场销黯⑪，永日无言⑫，却下层楼。



---

① 陇首：陇头，用北朝乐府《陇头流水歌》语意，指曲折高峻山路。 ② 关河：等于说“山河”，指国土。关河萧索：寓意了国家形势萧条不景气。 ③ 忍：怎忍。是不忍的意思。④ 神京：指京城汴梁。 ⑤ 仙子：指京城冶游邂逅的美人。⑥ 锦字：十六国苻秦时，窦滔得罪徙流沙，其妻苏蕙作回文诗织于锦上以寄滔。作者与这位“仙子”并非夫妻，这里借喻情书。 ⑦ 断雁：离散的孤雁。凭：依靠。 ⑧ 汀洲：水中或水边的小洲。 ⑨ 雨恨云愁：情人不能欢会的愁恨。宋玉《高唐赋》写楚王梦与巫山神女欢会，神女自称“旦为行云，暮为行雨”，后遂称男女欢会为“云雨”。 ⑩ 平生心事：指仕途失意，参看上首《鹤冲天》。 ⑪ 销黯：“黯然销魂”的省称，形容极度的沮丧和愁苦。江淹《别赋》：“黯然销魂者，惟别而已矣。”⑫ 永日：整天。

【翻译】

山峦上暮云飞动，
江边是日落时候。
满眼烟雾弥漫，水波迷濛，
靠着栏杆，已经很久。
放眼远望，山河萧条寂寞，
千里清秋光景，怎忍心这气象物候？

在那遥远的京城，
有一位体态丰满的仙女。
她即使分别以来织成了相思的锦字，
恐怕也终难结成伴侣。
看那离散的大雁失去了依靠，
孤零零地慢慢飞下沙洲。
我的思念啊，多么悠远长久！

暗暗回想当初的邂逅，
有过多少次偷偷的欢聚，美好的相会。
哪里知道聚散难以预期，
如今反成了不能欢会的恨和愁。
旅行阻隔我追踪旧日的欢游，
我悔恨这登山临水，

惹起我一生的心事，
竟是一场黯然魂销的离愁。
我整天默默无言，
回转身走下高楼。

# 雨霖铃

此词是作者离开汴京，与恋人惜别而作，表达了难以割舍的离情。全词写了将别、临别，以及别后的设想，写得自然生动。上片写欲留不得，欲行难舍的矛盾心理。下片写别后的寂寞孤独的自伤情绪。本词运用点染手法，取得突出成就。刘熙载在《艺概》卷四说，“多情自古伤离别”二句“点出离别冷落”，“‘今宵’二句乃就上二句意染之。点染之间，不得有他语相隔，隔则警句亦成死灰矣”。其说中肯。

寒蝉凄切①。对长亭晚②，骤雨初歇。都门帐饮无绪③，方留恋处，兰舟催发④。执手相看泪眼，竟无语凝咽⑤。念去去、千里烟波，暮霭沉沉楚天阔⑥。　　多情自古伤离别，更那堪、冷落清秋节！今宵酒醒何处？杨柳岸、晓风残月。此去经年，应是良辰好景虚设。便纵有千种风情，更与何人说？

**【翻译】**

寒蝉一声声，多么凄厉悲切。

面对长亭，在傍晚时分，

阵雨刚刚停歇。

都城门外饯别，心情黯淡，

正依依不舍，船儿却催着出发。

手儿相握，泪眼相望，

竟说不出话，只是气结哽咽。

想你越去越远，

---

① 寒蝉：蝉的一种，似蝉而小，又名寒螿（jiāng 浆），寒蜩（tiáo 条）。入秋始鸣。 ② 长亭：古代驿路上"十里一长亭，五里一短亭"，供人休息及饯别。 ③ 帐饮：古代送行，设帐饯别。 ④ 兰舟：木兰木做成的船，这里是对船的美称。 ⑤ 凝咽：哽咽气结，说不出话来。 ⑥ 楚天：泛指南方的天空。古时江南一带为楚地。

前途是千里烟波，
晚暮沉重的云雾，
笼罩着江南的天，这样空阔。

多情人自古以来伤心离别，
更受不了这冷落的清秋时节！
今夜酒醒，人在何处？
想必在那杨柳岸旁，
晨风阵阵吹拂，天上一弯残月。
这一去，又是一年，
大概有多少良辰美景，
从此便如同虚设。
即便有万千种风光情意，
又向谁人叙说？

# 采莲令

这首词抒写秋天一个黎明，匆忙离别情人的情景。上片写黎明匆忙分别的凄切依恋；下片写行人别后的感怀，一往情深。唐圭璋说："'更回首'三句从远景作收，笔力千钧。"(《唐宋词简释》)全词明白如话，精炼简洁，表情生动，充分显示了柳词口语化的风格特点。

月华收，云淡霜天曙。西征客、此时情苦。翠娥执手，送临歧①。轧轧开朱户②。千娇面、盈盈伫立，无言

① 翠娥：秀发女子。临歧：到岔路口，这里指大门口。
② 轧(yà 亚)轧：开门声。

有泪，断肠争忍回顾①？　　一叶兰舟②，便恁急桨凌波去③。贪行色、岂知离绪。万般方寸④，但饮恨，脉脉同谁语⑤？更回首、重城不见⑥，寒江天外，隐隐两三烟树。

**【翻译】**

月儿收起了光华，
云淡霜寒天气，曙光初露时分，
向西远行的客子，
此刻的心情，多么苦闷！
美人握着我的手，送我到门口，
轧轧地推开了朱红的大门。
她千娇百媚的面容，
轻盈丰满的体态，伫立着送我远行。
没有说一句话，只有热泪涔涔。
我此刻肝肠寸断，
想回头看她一眼也怎能忍心！

一叶木兰舟，
就这样加紧划桨，掠波登途。

---

① 争：通“怎”。 ② 兰舟：见《雨霖铃》注。 ③ 恁：这样。 ④ 方寸：指心里。 ⑤ 脉脉：含情凝视的样子。 ⑥ 重城：城楼。

一种急忙赶路的神色，
哪里还知道离情别绪的痛苦。
心中千般万种滋味，
也只能自食怨恨的苦果，
脉脉含情，可向谁倾吐？
又一次回头远望，
高高的城楼早已隐没。
只见清冷的江边，天空的远处，
隐隐约约有两三棵迷濛的树。

# 倾杯

这是一首旅途伤远怀人的词。一个秋天的傍晚，作者投宿在一处傍水依山的村驿，被一声羌笛惹起离愁，听蟋蟀鸣声触发乡思，觉得分外寂寞无聊，更加思念家乡妻室，别有一种荡子思归的伤感。写来有声有景，虚实相衬，情重意长，耐人吟味。

鹜落霜洲①，雁横烟渚，分明画出秋色。暮雨乍歇，小楫夜泊②，宿苇村山驿。何人月下临风处，起一声羌

① 鹜：野鸭。 ② 小楫(jí 吉)：指小舟。楫：划船的短桨，这里代指船。

笛①。离愁万绪，闻岸草、切切蛩吟如织②。　　为忆芳容别后，水遥山远，何计凭鳞翼③！想绣阁深沉，争知憔悴损④，天涯行客。楚峡云归⑤，高阳人散⑥，寂寞狂踪迹。望京国，空目断、远峰凝碧。



【翻译】

野鸭飞落在寒霜凄凄的江洲，

大雁横卧在烟雾濛濛的河滩，

鲜明地画出秋色的彩图。

暮雨刚停，



① 羌笛：竖吹的笛，是现代箫的前身。大致在西汉时从西方少数民族中传入。 ② 蛩（qióng 穷）：蟋蟀。 ③ 鳞翼：鳞指鱼，翼指雁，均借指书信。蔡邕《饮马长城窟行》："客从远方来，遗我双鲤鱼。呼儿烹鲤鱼，中有尺素书。"故以鱼喻游子家信。《汉书·苏武传》："天子射上林中，得雁，足有系帛书。后传为雁足传书。 ④ 争：通"怎"。 ⑤"楚峡"句：是说情人离去。宋玉《高唐赋》载：楚王游高唐，于梦中和神女欢会，神女临别时说："妾在巫山之阳，高丘之阻。旦为朝云，暮为行雨。朝朝暮暮，阳台之下。"巫峡古属楚地，故称楚峡。云：谓朝云，指情人。 ⑥"高阳"句：《史记·郦生陆贾传》载，郦食其，陈留高阳人，"县中皆谓之狂生"。他求见汉高祖时自称："吾高阳酒徒也，非儒人也。"这里以郦食其比喻自己及落魄狂放的朋友，即作者《少年游》所说"狎兴生疏，酒徒萧索，不似少年时"。意思是说一起狂放的朋友都已离散。

小舟夜泊，
我在芦苇苍苍的山村小驿投宿。
是谁在月光之下，对着晚风，
吹起一声羌笛，
撩起千般离愁，万种思绪。
又听岸边草中，
阵阵蟋蟀悲吟，似在纺织。

我不由陷入别后的回忆，
眼前浮现她美丽的面容。
无奈山遥水远，
有什么方法传递音信！
想她在幽深的绣阁，
怎知我这个天涯游子，憔悴不堪。
巫山神女已归去，
高阳酒徒早离散，
多么寂寞孤单，
那狂放只留下往昔的踪迹。
眺望京都，
徒然只见，
远远的山峰，一片青碧。

## 凤栖梧

《凤栖梧》,即《蝶恋花》。这词也是抒写登高怀远的离愁。上片倚楼远望景气,触发离愁。下片愁情百无聊赖,神色如见。上片烘托,下片直抒,也是柳永惯用的点染手法。“衣带”两句从《古诗十九首》“相去日已远,衣带日以缓”演化而来,但感情则执着浓烈,把怀人之情推向了高潮。王国维《人间词话》认为“此等语皆非大词人不能道”,借来说明成大事业,做大学问的人要有此种苦苦追求的精神。虽属断章取义,但也说明两句的语言所具有的概括力。

独倚危楼风细细。望极离愁，黯黯生天际①。草色烟光残照里，无人会得凭阑意。　也拟疏狂图一醉②。对酒当歌③，强乐还无味。衣带渐宽终不悔，为伊消得人憔悴④。

【翻译】

独自靠在高楼上，
吹来春风微微。
极目远望，满怀离愁，
黯然离别的感伤，从天边生起。
青青草色，濛濛山光，
都在夕阳残照里。
没有人能够理会，
我凭栏远望的心意。

我也曾想懒散狂放，
打算痛饮一醉。
对着美酒，对着歌唱，

---

① 黯(àn岸)黯：心神沮丧的样子。 ② 拟：图、打算。疏狂：懒散狂放。 ③“对酒”句：用曹操《短歌行》：“对酒当歌，人生几何”语。当，也是对着的意思。 ④ 消得：值得。

强作欢乐还是毫无兴味。

衣带渐渐变得松宽，

但我终不后悔。

为了她，

我甘心折磨憔悴。

# 卜算子慢

这一首词写登高怀远，发抒羁旅离愁。上片以景为主，充满悲秋的忧伤，寄托晚景的凄怆，是游子的“旧恨”。下片抒情为主，写出心中的思恋，表现苦涩的爱情，是荡子的“新愁”。作者用明快的语言，以含蓄的表现，通过秋日登临巫峡所见傍晚景气，把复杂的“新愁旧恨”、“离肠万种”写得悱恻动人。清周济《〈宋四家词选〉眉批》认为此词下片“一气转注，连翩而下”。沈祖棻说：“其文笔虽如周济所说，但内容却反复曲折，并不平顺。它们是矛盾的统一。”（《宋词赏析》）中肯指出了它的艺术特点。

江枫渐老，汀蕙半凋，满目败红衰翠。楚客登临，正是暮秋天气。引疏砧①、断续残阳里。对晚景、伤怀念远，新愁旧恨相继。　　脉脉人千里，念两处风情②，万重烟水。雨歇天高，望断翠峰十二③。尽无言④，谁会凭高意？纵写得、离肠万种，奈归云谁寄？

**【翻译】**

江岸的枫叶渐渐衰老，
水洲的蕙草半已枯凋，
满眼衰败的红花绿叶。
楚乡作客，登高望远，
正逢这样的暮秋天气。
传来了稀疏的捣衣声，
断断续续回响在残阳里。
面对这傍晚景象，
我悲伤怀抱，思念远人，
新愁和旧恨，接连涌起。

---

① 砧(zhēn 针)：捣衣石。这里指捣衣声。 ② 风情：这里指男女相悦之情。 ③ 望断：望尽。翠峰十二：指巫峡沿岸巫山十二峰，传说是巫山神女与楚王欢会的所在。 ④ 尽：尽管，任随。

脉脉含情的人儿相隔千里，
惦念着分处两地的风情，
重重烟雾，濛濛水汽。
雨住了，天高气爽，
我的眺望，
停留在青翠的巫山十二峰里。
我一任默默无言，
谁理会我登高的心意？
纵然我写得出万千种离情别绪，
奈何谁能把这一片归云远寄？

# 定 风 波

这是一首“俚词”。据传，柳永曾去拜访过当时的宰相晏殊。晏殊问：“你近来作词么？”柳永答道：“也像你一样地写些词。”晏殊说：“我虽然填词，却没有说‘针线慵拈伴伊坐。’”（见宋张舜民《画墁录》）可见这种浅近通俗的俚词，与当时的“雅词”情趣不同。此词是作者设身处地以歌妓的口吻，倾诉当时歌妓的爱情追求和痛苦遭遇。它在当时社会上广为流传。元代戏曲家关汉卿就曾以柳永与歌妓的恋情为题材，写成杂剧《谢天香》，并安排柳永与歌妓谢天香分别时，替她写下这首《定风波》。

自春来、惨绿愁红、芳心是事可可①。日上花梢、莺穿柳带，犹压香衾卧。暖酥消②，腻云亸③，终日厌厌倦梳裹。无那④，恨薄情一去⑤，音书无个⑥。　早知恁般么，悔当初、不把雕鞍锁⑦。向鸡窗⑧，只与蛮笺象管⑨，拘束教吟课⑩。镇相随⑪，莫抛躲。针线闲拈伴伊坐⑫，和我⑬，免使年少，光阴虚过。

【翻译】

自从春天一来，

红花绿叶都叫我凄惨忧伤。

芳心里百无聊赖，

---

① 是事：即事事。可可：不在意或含糊过去。 ② 暖酥：丰腴柔腻的肌体。消：消瘦。 ③ 腻云：形容女子的头发。亸(duǒ 朵)：散乱下垂的样子。 ④ 无那：通“无奈”，无可奈何。 ⑤ 薄情：指相好的男子。 ⑥ 无个：一个也没有。 ⑦ 雕鞍：雕花的华丽的马鞍。这句是说后悔当初没有阻止爱人远行。 ⑧ 鸡窗：相传晋代兖(yǎn 演)州(今山东兖州市)刺史宋处宗得到一只长鸣鸡，爱护喂养得非常周到，常把鸡笼放在窗上。鸡于是作人语声，“与处宗谈论极有言智”，终日不止。处宗言谈的技巧因此大大进步。事见《艺文类聚·鸟部》引《幽明录》。这里比喻书房。 ⑨ 蛮笺象管：指精美的纸和笔。蛮笺：蜀地所产的彩色笺纸。象管：象牙做的笔管。 ⑩ 教：叫，使。吟课：用功吟诗。 ⑪ 镇：镇日，整天。 ⑫ 针线闲拈：一作“彩线慵拈”。 ⑬ 和：连同。

什么事情都凑合。
太阳爬上了花梢头，
黄莺儿穿过柳条带，
我还拥着薰香被子高卧。
丰腴光润的身体消瘦，
乌亮如云的头发散落，
整天闷闷不乐，
懒得梳妆把头裹。
无可奈何，
只恨那薄情郎一去，
音信也没有来一个。



早知是这样的呀，
真后悔当初没把雕花的马鞍锁住。
让他一心在书房，
只给彩色的笺纸象牙的笔，
叫他用功吟诗受约束。
整天相跟着，
不要丢下我，躲着我，
我随便做点针线活，
紧挨着他坐。

连带着我，

免得让青春年少，

时光虚过。

# 夜半乐

本词是柳永词中的一首长调，计一百四十四字。全词分为三叠，也是双拽头，前二叠曲调重复。它抒写作者浪迹浙江时，在会稽（今浙江绍兴）附近的一次舟游情景。第一叠写途中的经历；第二叠记舟行中所见；第三叠抒发离乡的感叹。全词构思各有重点而又浑然统一，情调起伏跌宕，转折得非常自然。前两叠以轻松平稳的调子铺叙，末用“浣纱游女”巧妙地过渡到第三叠写离愁和宦途失意，表现了作者复杂的思想感情。

冻云黯淡天气，扁舟一叶，乘兴离江渚①。渡万壑千岩，越溪深处②。怒涛渐息，樵风乍起③，更闻商旅相呼，片帆高举。泛画鹢④、翩翩过南浦⑤。　　望中酒旆闪闪，一簇烟村，数行霜树。残日下、渔人鸣榔归去⑥。败荷零落，衰杨掩映，岸边两两三三，浣纱游女。避行客、含羞笑相语。　　到此因念，绣阁轻抛⑦，浪萍难驻。叹后约、丁宁竟何据⑧！惨离怀、空恨岁晚归期阻。凝泪眼、杳杳神京路，断鸿声远长天暮⑨。

**【翻译】**

寒云凝聚，

---

① 渚：水中的小洲。 ② 越溪：泛指浙东河流。越国的美女西施浣纱的若耶溪，在今浙江绍兴市南。 ③ 樵风：有顺风之意。东汉郑弘上白鹤山砍柴遇神人，神问其所欲，郑弘说："常忧虑在若耶溪运载柴薪困难，希望早上吹南风，傍晚吹北风。"后果然如愿。见《后汉书·郑弘传》注引《会稽记》。④ 画鹢(yì 意)：指舟船。鹢：水鸟名。善高飞，不怕风，古代把它画在船头以图吉利。 ⑤ 南浦：南面的水边。《楚辞·九歌·河伯》："送美人兮南浦。"江淹《别赋》："送君南浦，伤如之何。"传统用来指送行离别的地方。 ⑥ 鸣榔：用长木棒击船作声，惊鱼入网。 ⑦ 绣阁：妇女的闺房。 ⑧ 后约：推迟约期，失信的意思。丁宁：即叮咛。 ⑨ 断鸿：孤雁。这里有作者自喻之意。

多么黯淡的天气。
一叶小舟，
乘兴离开了停泊的洲渚。
驶过万壑千岩，
到了浙东河流的深处。
怒涛渐渐平息，
顺风突然吹起。
又听见商人旅客相呼唤，
片片白帆高举。
画着鹢鸟的船儿顺风，
飞快地驶过一个个航渡。

眼见一面酒旗闪闪飘动，
一丛炊烟袅袅的村聚，
几行寒霜凝枝的秋树。
夕阳西下，
捕鱼人击榔归去。
凋谢的荷花七零八落，
枯衰的杨柳忽隐忽现。
岸边两两结伴，三三成群，
游玩的浣纱少女，
避开来往的旅客，

含羞带笑,私相低语。

看到这些,因而思虑:
对绣楼闺房,我轻易丢弃,
像流浪浮萍,我已难留住。
可叹我耽误相会的约期,
我临别的叮嘱竟是什么凭据!
离别的怀念多么惨痛,
我徒然怨恨
到了年末,归期又耽误。
我抬起泪眼凝望
遥远遥远的通往京城的道路,
只听见孤雁远远的哀鸣,
辽阔的天空在垂下夜幕。

# 忆帝京

这首秋夜羁旅怀人的词，用白描的方法抒写别离初途的思情滋味难熬，彻夜无眠，很有后来杂剧中好的抒情唱段的味道。上片用"展转"床榻、"数寒更"、起床、"重睡"等一系列动作，来揭示人物的相思之苦。下片写他思想感情的矛盾冲突，归不得，放不下。它纯用口语，"质而实绮，癯而实腴"（苏轼语，见苏辙《子瞻和陶渊明诗集引》），耐人咀嚼。

薄衾小枕凉天气，乍觉别离滋味。展转数寒更，起了还重睡。毕竟不成眠，一夜长如岁。　　也拟待①、却

① 拟待：打算。

回征辔①，又争奈、已成行计。万种思量，多方开解，只恁寂寞厌厌地②。系我一生心，负你千行泪。

【翻译】

薄被小枕凉天气，
突然发觉离别的滋味。
翻来覆去睡不着，
卧数寒夜打更声，
起了还重睡，
到底没睡着，
一夜漫长像一岁。

也打算掉转马儿回去，
又怎奈已成了走的算计。
千万种考虑估量，
多方面开脱宽解，
却还是这般寂寞懒洋洋的。
拴住我这辈子的心，
辜负你千行眼泪。

---

① 却回：退回、回转。征辔：远行的马。辔：马缰绳，这里代指马。 ② 厌厌：精神不振。

# 玉 蝴 蝶

这首词写怀念久别的故人，抒发悲秋情怀，思友怜己，惆怅共鸣，如同宋玉《九辩》中所写，“贫士失职而志不平”，“羁旅而无友生”（生：语气助词），“惆怅兮而私自怜”。上片写萧疏的晚秋景物，富有诗情画意，遣词传神，绘声绘色。“故人”两句，承上启下，为全词之眼。下片写怀念故人，有回忆，有盼望，化用前代诗人名句，推陈出新。“指暮天”以下，化自谢朓“天际识归舟，云中辨江树”（《之宣城郡出新林浦向板桥》）、温庭筠词《忆江南》“过尽千帆皆不是，斜晖脉脉水悠悠”等句，把盼友归来的无望心情写得生动感人。

望处雨收云断，凭阑悄悄①，目送秋光。晚景萧疏，堪动宋玉悲凉②。水风轻、蘋花渐老，月露冷、梧叶飘黄。遣情伤。故人何在？烟水茫茫。　难忘，文期酒会③，几辜风月④，屡变星霜⑤。海阔山遥，未知何处是潇湘⑥？念双燕、难凭远信，指暮天、空识归航。黯相望，断鸿声里，立尽斜阳。

【翻译】

在我眺望的地方，

雨已收束，云开气爽。

我靠着栏杆满怀愁思，

目送消逝的秋天风光。

傍晚的景色萧条冷落，

触动我像宋玉那样情怀悲凉。

水波微漾，秋风轻拂，

---

① 悄悄：忧愁的样子。《诗经·邶风·柏舟》："忧心悄悄。" ② 堪：能，可。宋玉：战国时楚国的辞赋家。 ③ 文期：古代文人们在一起为文作诗的一种聚会。 ④ 风月：指良辰美景。 ⑤"屡变"句：是说经过许多岁月。"变星霜"表示年岁改易。 ⑥ 潇湘：潇水与湘水，湖南南部二水名。在湖南零陵西合流为湘江，又称潇湘。郑谷《淮上与友别》："数声风笛离亭晚，君向潇湘我向东。"此用其意，指故人去向。

蘋花渐渐凋谢。
月光下，露气清冷，
梧桐树，落叶飘黄。
想排遣伤感的情怀，
老朋友在哪里？
只见雾水茫茫。

难忘呵，
赋文的约期，酣酒的聚会，
多少次辜负了风花雪月，
一再地变迁了岁时星霜。
海阔天空，山遥路远，
不知何处是你去的潇湘？
想让双燕捎去书信，
路途遥远，难以依仗。
指点着晚暮的天边，
徒然辨别那些归来的航船。
我黯然地向你远望，
在孤雁的哀鸣声里
站立到沉没了西斜的夕阳。

## 八声甘州

这词抒写别情，上片写景，下片抒情，脉络清楚。上片景象雄浑，境界悲壮，“渐”字领起三句，深受苏轼赞赏，叹为“此语于诗句不减唐人高处”（见宋赵令畤《侯鲭录》卷七）。下片用“不忍”承上转下，展示出作者起伏难平的情感。“叹年来”二句，自念自问，愈显作者深沉的隐痛。“想佳人”以下，在构思上以自己与妻子彼此的思念紧密对照，正如梁启超所说，颇似温庭筠《菩萨蛮》“照花前后镜，花面交相映”（见梁令娴《艺蘅馆词选》），有相互辉映的艺术效果。

对潇潇暮雨洒江天①，一番洗清秋。渐霜风凄紧②，关河冷落，残照当楼。是处红衰翠减③，苒苒物华休④。惟有长江水，无语东流。　　不忍登高临远，望故乡渺邈，归思难收⑤。叹年来踪迹，何事苦淹留？想佳人、妆楼颙望⑥，误几回、天际识归舟⑦。争知我⑧、倚阑干处，正恁凝愁⑨。

【翻译】

对着傍晚这一阵潇潇的骤雨，
洒落在水天迷茫的江面，
又洗了一遍的清爽秋天。
随后寒风又冷又急，
山河萧条冷落，
残阳映照楼前，
处处红花枯萎，绿叶零落，
时光苒苒，万物凋残。
只有滔滔长江水呵，

---

① 潇潇：风雨急骤的样子。 ② 渐：随后。 ③ 是处：处处，到处。 ④ 苒（rǎn 染）苒：渐渐。物华：万物的光华，此指风光。 ⑤ 思（sì 事）：心思。 ⑥ 颙（yóng 庸）：抬头呆望。 ⑦ "天际"句：用南朝谢朓诗句，见《玉蝴蝶》提示。 ⑧ 争知：怎知。 ⑨ 恁（rèn 任）：如此。

默默无语流向东边。

我不忍心登高临远，
凝望杳远邈茫的故乡。
回家的思念难以收敛。
感叹这些年的行踪游迹，
什么事情使我滞留外边?
设想我的好人儿，
或许正在妆楼上呆望，
好几次误认了天边的归船。
她怎么知道，
我此刻靠着栏杆，
正这样凝望，愁颜不展。

# 望海潮

宋仁宗时，由于经过了八十多年的休养生息，出现了经济繁荣的局面。特别是都市，更呈现了空前的繁华。这首词赞美杭州繁华富庶，风光秀丽，歌颂了盛世风采，备受称道。范镇曾说："仁宗四十二年太平，镇在翰苑十余载，不能出一语歌咏，乃于耆卿词见之。"(《方舆胜览》卷十一)此词上片着重写杭州的繁华，下片侧重写西湖的秀丽，既有概括性的描述，又善于抓住具体而典型的事物细致刻画，从而把杭州的"承平气象，形容曲尽"(陈振孙《直斋书录解题》卷二十一)。据宋·罗大经《鹤林玉露》卷一载，此词是作者写来献给当时驻节杭州的两浙转运使孙何的。但孙何早在真宗景德元年(1004)已卒，而此词当作于仁宗朝。其或传讹，录以备考。

东南形胜①，三吴都会②，钱塘自古繁华③。烟柳画桥，风帘翠幕，参差十万人家④。云树绕堤沙。怒涛卷霜雪，天堑无涯。市列珠玑，户盈罗绮，竞豪奢。　重湖叠巘清嘉⑤，有三秋桂子⑥，十里荷花。羌管弄晴⑦，菱歌泛夜⑧，嬉嬉钓叟莲娃。千骑拥高牙⑨。乘醉听箫鼓，吟赏烟霞。异日图将好景，归去凤池夸⑩。

**【翻译】**

东南地势优越，

---

① 形胜：地理形势优越。② 三吴：吴兴郡、吴郡、会稽郡合称三吴。见《水经注》卷四十《渐江水》。泛指今江浙一带。③ 钱塘：今浙江杭州市。④ 参差(cēn cī)：这里形容房屋的高低不齐。⑤ 重湖：指西湖的里湖和外湖。巘(yǎn 演)：小山，这里泛指山峰。⑥ 三秋：秋季。⑦ 羌管：羌笛。见《倾杯》注。这里泛指乐器。⑧ 菱歌：采菱的歌。⑨ 骑(jì 寄)：骑兵，此指随从护卫。牙：军旗，此指当地长官出行的仪仗旗帜。⑩ 凤池：凤凰池。本指禁苑中的池沼。因中书省在禁苑，故以凤池代指中书省，借喻朝廷。北宋州官多由朝廷文官出任，任满考绩，可返朝廷任职，故云“归去”。

三吴的大都市，
自古以来，就数钱塘最繁华。
含烟的碧柳，如画的小桥，
挡风的帘，翠绣的帐，
高高低低，有十万户人家。
高树入云，绕着大堤的沙路，
钱塘江的怒涛，卷起霜雪般的浪花，
这天然的险阻，浩瀚无涯。
街市陈列珠宝，
家家堆满绸缎，
争豪斗富，炫耀奢华。

里湖外湖，重峰叠岭，
风景秀丽美佳。
这里有，三秋桂花飘香，
盛夏十里荷花。
羌笛吹奏在晴天里，
菱歌荡漾在月光下，
嘻嘻欢笑在西湖上
是垂钓的老翁，采莲的女娃。
上千骑兵簇拥着高高牙旗，
长官趁着醉意，听着音乐，

吟诗赞赏那烟霭云霞。

他日把这好景绘成图画，

回到朝廷好向同僚夸。

## 安 公 子

这是首游宦他乡，怀念故乡的词，时令是暮春。上片写景，创造了一个展示人物心情的典型环境：风雨孤舟，暮色苍茫，飘零江湖的客子，其抑郁无聊，即可想见。这自然地引起下片对故乡的思念。下片抒情，写自己在外做小官，长年的行役之苦，再以杜宇的叫声，把离乡之情映衬得苦不堪言。在铺叙上，上片用顺叙的方法，由雨而暮，由暮而夜。下片则变化写法，先以"游宦"一句，总括自己的思想感情，而将"惹得离情苦"的直接原因"杜宇声声"置于词末，使离情之苦更加突出。

远岸收残雨，雨残稍觉江天暮。拾翠汀洲①、人寂静、立双双鸥鹭。望几点、渔灯隐映蒹葭浦②。停画桡、两两舟人语。道去程今夜，遥指前村烟树。　游宦成羁旅，短樯吟倚闲凝伫。万水千山，迷远近、想乡关何处？自别后、风亭月榭孤欢聚。刚断肠③、惹得离情苦。听杜宇声声④，劝人不如归去。

**【翻译】**

江岸远处，残雨已停，

江雨也快下完，才觉得天色黄昏。

在江中小洲拾取翠羽，

人寂寞无声，

一双双鸥鹭都站立安稳。

望见几点渔家灯火，

掩映在江边芦苇丛中。

在停泊的画船上，

两三个船家在说话探问。

---

① 拾翠：拾取翠鸟的羽毛。杜甫《秋兴》之八："佳人拾翠春相问。" ② 浦(pǔ 普)：水滨。 ③ 刚：偏偏。 ④ 杜宇：古蜀帝名。化为杜鹃，后人因称杜鹃为杜宇。见《太平御览》卷一六六引《十三州志》。杜鹃又名子规，其鸣悲切。辛弃疾《贺新郎》："鹧鸪声住，杜鹃声切。"

说道起程就在今夜，
遥指烟树濛濛的前村。

为官远游成了作客他乡，
靠着短短的桅杆吟咏，久久地闲呆看。
经历了万水千山，
分不清远近，
想不出何处是家乡的关山？
自从离别后，
风中的亭子，月下的楼台，
孤独一人，再没有相聚共欢。
偏是断肠人惹起了离情的痛苦，
听杜鹃声声啼叫，
劝人们不如返回家园！

# 秦　观

## 望　海　潮

这是一首怀古讽今词，约作于元丰三年(1080)。一本题作《广陵怀古》。广陵，即今江苏扬州。此词上片铺写扬州的繁华富丽，语含讥讽感慨。其中“珠帘”句，从杜牧《赠别》诗“春风十里扬州路，卷上珠帘总不如”化出，揭示扬州充斥娼楼妓馆，歌台舞榭，正是那些意气如虹的“豪俊”贵官纵情声色的场所。下片感慨隋炀帝的穷奢极侈已成历史镜鉴，亡国遗照。上下对比，寓意深长，而铺写渲染，富有气势。

星分牛斗[①],疆连淮海,扬州万井提封[②]。花发路香,莺啼人起,珠帘十里东风。豪俊气如虹[③]。曳照春金紫[④],飞盖相从[⑤]。巷入垂杨,画桥南北翠烟中。　　追思故国繁雄[⑥],有迷楼挂斗[⑦],月观横空[⑧]。纹锦制帆[⑨],明珠溅雨[⑩],宁





---

① "星分"句:是说扬州上空正当南斗、牵牛二宿。古代把天空星宿分为十二组,分主地上的州国,谓之分野。斗、牛为扬州的分野。见《史记·天官书》张守节《正义》。

② "扬州"句:形容扬州地广人稠。井:古代八家为一井。提封:封地、领土。 ③ 气如虹:比喻气概不凡。 ④ 曳:穿着,这里是佩戴的意思。金紫:金印紫绶,这里指贵官服饰。

⑤ 盖:车盖,这里指乘车。 ⑥ 故国:等于说故乡。秦观家乡高邮,宋属扬州,汉属广陵国。 ⑦ 迷楼:隋炀帝时修造。经年始成,工巧宏丽,自古无有,帑库为之一空。人误入者终日不能出。炀帝顾左右曰:"使真仙游其中,亦当自迷也。可目之曰迷楼。"见韩偓《迷楼记》。故址在扬州。 ⑧ 月观(guàn贯):刘宋时徐湛之所造。见《宋书·徐湛之传》。故址在扬州。 ⑨ "纹锦"句:隋炀帝欲至广陵,诏江淮诸州造大船五百只。船成后,炀帝乘龙舟沿淮河而下,"锦帆过处,香闻百里"。见韩偓《开河记》。李商隐《隋宫》:"玉玺不缘归日角,锦帆应是到天涯。"纹锦:彩色花纹的锦缎。 ⑩ "明珠"句:杨慎《词品》卷三载,"按《隋遗录》:'炀帝命宫女洒明珠于龙舟上,以拟雨雹之声,'此词所谓'明珠溅雨'也"。雨:(yù玉)落,落下。

论爵马鱼龙①。往事逐孤鸿。但乱云流水，萦带离宫。最好挥毫万字，一饮拚千钟②。

**【翻译】**

星野划分在牛宿和斗宿，
疆土连接着淮河和大海，
扬州八万户人家四境宽广。
鲜花开放，满路香飘，
黄莺声声，催人起床，
珠帘卷起，十里长街春风浩荡。
豪杰俊才意气飞扬如虹，
佩戴着照耀春光的金印紫绶，
飞车一辆连着一辆。
小巷深入在依依垂柳，
画桥南北一派翠绿的柳烟迷漫。

追想故乡往昔的繁华雄壮，
有迷楼高挂北斗，

---

①“宁论”句：是说隋炀帝穷奢极欲，岂止于鱼龙雀马之类的戏玩而已。爵：通“雀”。鱼龙为汉以来的百戏节目之一，是古代的一种散乐杂技。见《后汉书·安帝纪》。②拚(pàn盼)：甘愿，不惜。

月观横立长空，
绣罗锦缎制作风帆，
明珠象雨点般四溅，
不用说那耍鸟跑马、百戏鱼龙！
回忆往事就像追逐孤雁的影踪，
眼前只见乱云流水，
萦绕着荒芜的行宫。
此时的情怀，最好是挥笔书写万字，
一口痛饮酒千盅。



## 其　二

这首凭吊会稽(今浙江绍兴市)古迹的词，作于元丰二年(1079)，时作者年三十一。词中抒写越中古迹触发的历史兴亡、仕途沉浮的种种感慨，旨在说明功名富贵，以及青春年华，皆转眼即逝，不能久留。词末对知遇遨游江湖的向往，正是怀才不遇的惆怅情怀的坦露，也是一种自我解脱的消极反抗。所以词风略见豪放，境界比较开阔，颇近似于苏轼词的风格。上片写景，下片抒情，层次清晰，语言精丽。但因怀古而用典较多，虽有精炼含蓄功能，终不免束缚感情抒发。

秦峰苍翠①，耶溪潇洒②，千岩万壑争流。鸳瓦雉城③，谯门画戟④，蓬莱燕阁三休⑤。天际识归舟⑥。泛五湖烟月，西子同游⑦。茂草台荒⑧，苎萝村冷起闲愁⑨。

何人览古凝眸？怅朱颜易失，翠被难留⑩。梅市旧

① 秦峰：即秦望山，在会稽东南四十里，相传是秦始皇登临处。见《舆地纪胜》卷十。 ② 耶溪：即若耶溪，今绍兴市南。相传西施曾在此浣纱，故一名浣纱溪。 ③ 鸳瓦：即鸳鸯瓦，比喻瓦之成对。雉（zhì 至）城：即雉堞，又名女墙，城上排列如齿状的矮墙。 ④ 谯（qiáo 桥）门：即谯楼，指城楼。 ⑤ 燕：通“宴”。蓬莱燕阁：蓬莱阁，旧址在今浙江绍兴市龙山下。三休：休息三次。据载，翟王遣使者访楚国，楚王要夸耀奢华，在章华台设宴。使者登台赴宴，因台甚高，休息三次，才到达台阁。事见《太平御览》卷一七七引《贾子》。 ⑥“天际”句：谢朓诗，见前柳永《玉蝴蝶》注。 ⑦“泛五湖”二句：史载春秋时越国大夫范蠡助越王勾践灭掉吴国之后，改名陶朱公，归隐太湖。事见《国语·越语下》、《史记·货殖列传》等。五湖：太湖。西子：即西施，越国美女，相传勾践命范蠡献之于吴王夫差，灭吴后，范蠡携西施同归太湖。杜牧《杜秋娘》诗：“西子下姑苏，一舸逐鸱夷。”即咏其事。 ⑧ 台：指姑苏台，又名胥台，在姑苏山上，春秋时吴王阖闾所筑（见《吴越春秋·阖闾内传》）。一说为其子夫差所筑，后被越王勾践所焚（见《国语·吴语》）。故址在今江苏省苏州市西南。 ⑨ 苎（zhù 住）萝村：西施故里，在今浙江诸暨南。 ⑩ 翠被（pèi 配）：饰以翠羽的披风。见杨伯峻《春秋左传注》“昭公十二年”注。

书①,兰亭古墨②,依稀风韵生秋。狂客鉴湖头③。有百年台沼,终日夷犹④。最好金龟换酒⑤,相与醉沧洲⑥。

【翻译】

秦望山一派苍翠,

若耶溪风景潇洒。

千山万壑,水鸣争流。

鸳鸯瓦铺在城头女墙上,

彩漆的长戟高插在城楼。

---

① 梅市:地名,以梅福得名,在今浙江绍兴市。梅福,字子真,西汉九江寿春(今安徽寿县)人,明《尚书》、《穀梁春秋》,为郡文学,补南昌尉。后去官归乡。汉平帝时,因不满朝政,弃家而去,改名换姓,隐居在会稽,当了一名守门的兵卒(见《汉书·梅福传》)。旧书:指梅福所习的《尚书》等古籍。 ② 兰亭:在今绍兴市西南二十七里,为晋代书法家王羲之书其所撰《兰亭集序》之处。 ③ 狂客:唐代诗人贺知章,越州(治绍兴)人,晚年号四明狂客,归居鉴湖畔。李白《对酒忆贺监》二首之二:"狂客归四明,山阴道士迎。敕赐镜湖水,为君台沼荣。"鉴湖:又名镜湖。 ④ 夷犹:犹豫不决。这里意为从容徜徉。 ⑤ 金龟:唐代武后时,三品以上官员的一种佩饰,是金饰的龟袋。见《旧唐书·舆服志》。知章换酒:李白《对酒忆贺监诗序》:"太子宾客贺公,于长安紫极宫一见余,呼余为谪仙人,因解金龟换酒为乐。" ⑥ 沧洲:水滨,指隐者所居之地。

登临蓬莱高阁宴会，
中途三次休息停留。
“天际识归舟”，
想起了陶朱公泛舟太湖烟月，
有西施同游。
而今野草长满荒凉的姑苏台，
苎萝村凄凉冷落，
勾起人无名的哀愁。

何人在凝目观看这古代遗迹，
惆怅那青春美貌容易消失，
翠羽的披风难以久留。
梅市上的旧书，
兰亭里的墨迹，
仿佛还有流风余韵勃发在清秋。
四明狂客归隐的镜湖岸边，
有百年前的台观池沼，
使我整天徘徊逗留。
此刻的情怀，
最好有知遇解下金龟换美酒，
一起酣醉在这沧浪洲头。

## 其　三

绍圣元年(1094),哲宗亲政之后,大反元祐党人,苏轼、苏辙等多人均坐党籍远谪,秦观也受到牵连,出为杭州通判。此词一本题为“洛阳怀古”,可能是作者在这年离开汴京后,经过洛阳而作。词中通过对往事的追念,怀旧伤今,寄寓了对故人离散的思念感慨。在结构上,它先写今,再写昔,然后又回到今,不从换片处换意,而使今昔紧密对比,充分表达作者的思想感情。“梅英”以下三句写今,用“暗换年华”,暗示了人事变化和今昔之感。“金谷”句至“飞盖妨花”忆昔。“兰苑”以下,又回到眼前。在遣词上,如周济《〈宋四家词选〉眉批》所云“两两相形”,突出了今昔盛衰的对照,如“倚楼”和“随车”,“栖鸦”与“蝶舞”,“归心”和“芳思”等等。这样,使今昔的盛衰之感对照得更加突出。“柳下”二句,是本词出色的名句。清·陈廷焯说它“思路幽绝,其妙令人不能思议”(见《白雨斋词话》卷一)。

梅英疏淡,冰澌溶泄,东风暗换年华。金谷俊游①,

---

① 金谷:在今河南洛阳市东北。晋朝石崇在此建别墅名园,世称金谷园。石崇以豪富奢靡著称,金谷为其招待宾客的饮宴玩乐之处。

铜驼巷陌①,新晴细履平沙。长记误随车②。正絮翻蝶舞,芳思交加③。柳下桃蹊④,乱分春色到人家。　　西园夜饮鸣笳⑤。有华灯碍月,飞盖妨花⑥。兰苑未空,行人渐老,重来是事堪嗟。烟暝酒旗斜。但倚楼极目,时见栖鸦。无奈归心,暗随流水到天涯。

【翻译】

枝头的梅花渐渐稀疏,

流冰溶溶,河水潺潺。

---

①"铜驼"句:洛阳铜驼街。《太平御览》卷一五八引陆机《洛阳记》曰:"洛阳有铜驼街,汉铸铜驼二枚,在宫南四会道相对。俗语曰:'金马门外集众贤,铜驼陌上集少年。'"

② 误随车:用韩愈《嘲少年》"只知闲信马,不觉误随车"语,形容不自觉误入歧途。 ③ 芳思(sì 四):美好的念头。 ④ 柳下桃蹊:双关语,既写柳荫桃树下的小路,形容眼前即景,又用典故古谚。柳下:春秋时直士柳下惠居住在柳下,此兼喻名士人家。桃蹊:古谚语说,"桃李不言,下自成蹊"。这里用以表示烟花人家。所以下句说"乱分春色到人家"。 ⑤ 西园:李格非《洛阳名园记》载洛阳有董氏西园。而据米芾《西园雅集图记》载,开封也有驸马都尉王诜的西园,秦观与苏轼等计十四位名士,尝宴集于此。故此句疑有兼怀当年开封宴集之意,以寄对故人的思念。笳(jiā 加):胡笳,古代用作军号。北宋的洛阳为西京,是汴京西面的军事重镇。 ⑥ 盖:车顶棚。这里指车。

东风吹来，
悄悄把季节变换。
当年金谷园里俊杰豪游，
还有铜驼街旁的里巷小路，
新晴天气，
在平坦的沙路上漫步留连，
牢记住“不觉误随车”的经验。
正当柳絮翻飞，蝴蝶翩跹，
各种美好念头都涌上心田。
向往柳下，
还是沿着小路去看桃花，
老天把春色送到人间万家，
不加区分，这样混乱。

西园夜宴，吹起了胡笳，
有豪华的灯火阻碍明月清光，
飞行的车马挡住鲜花争妍。
兰蕙的苑林还没有空旷，
我这个过路人却渐渐衰老，
旧地重游，事事令人慨叹。
迷茫的夜雾里酒旗斜挂，
我只有倚立楼台极目远望，

时时看见寻巢的乌鸦在空中往还。

无可奈何的归乡念头，

默默地随着流水，涌向天边。

# 水 龙 吟

此词写春日相思之情。一本题作"赠妓娄东玉"。据说秦观在蔡州教授任上,与营妓娄琬(字东玉)感情甚好,为她写了此词(见胡仔《苕溪渔隐丛话前集》卷五十引《高斋诗话》)。据此,本词当作于元祐初。它上片写景,下片写情,以清明时节的推移为主线,从一个女子清晨的"单衣初试",写到傍晚的斜阳,再回忆到从前幽会的月夜。宋曾季貍《艇斋诗话》认为"小楼"句六字中藏有"娄琬"之名,可作参考。首二句曾经受到苏轼的讥诮,说:"十三个字,只说得一个人骑马楼前过。"(见《高斋诗话》)这恰说到秦观此词的艺术特点是细致的铺写。

小楼连苑横空①，下窥绣毂雕鞍骤②。疏帘半卷，单衣初试，清明时候。破暖轻风③，弄晴微雨，欲无还有。卖花声过尽，斜阳院落，红成阵、飞鸳甃④。　　玉佩丁东别后⑤。怅佳期、参差难又⑥。名缰利锁，天还知道，和天也瘦⑦。花下重门，柳边深巷，不堪回首。念多情但有，当时皓月，向人依旧。

**【翻译】**

小楼连着园林横列空中，

向下偷看华贵车马急速奔走。

稀疏的门帘卷起一半，

单薄的春衣刚才试穿，

这是清明时候。

有点暖意的轻轻东风，

逗弄晴天的微微春雨，

---

① 苑：园林。 ② 毂：代称车轮，此指车。 ③ 破暖：天气转暖。 ④ 鸳甃（zhòu 绉）：用对称的砖瓦两两相对砌成的井壁。这里指井台。 ⑤ 玉佩：古代士大夫衣带上所系玉饰。《礼记·玉藻》："古之君子必佩玉。"丁东：行走时佩玉碰击的声音。 ⑥ 参差（cēn cī）：表示事情乖迕、不如人意，含有错失的意思（参见王锳《诗词曲语辞例释》）。 ⑦ "天还"二句，化用李贺《金铜仙人辞汉歌》"天若有情天亦老"语意。

好像没有，倒还真有。
卖花声传来又消失了，
西斜的夕阳照进院落，
红花零落成了阵雨，
飞洒在鸳鸯瓦盖的井栏头。

你走时佩玉的丁东声，
别后长在空房里萦留。
惆怅美好的相会日期，
总是错失，很难再邂逅。
名如缰绳利似锁，
老天如果知道，
连天也要消瘦。
桃李花下的重重门户，
垂柳边上的深深里巷，
往事不堪回首。
想来多情的只有
当时的那一轮明月，
照向人间，依然如旧。

# 八 六 子

这是首写别后相思的词。一本题作“春怨”，写茂密春草引起当年离别情景的回忆。古人惯用“芳草”抒写离别之情。如《楚辞·招隐士》：“王孙游兮不归，春草生兮萋萋。”汉乐府诗《饮马长城窟行》：“青青河边草，绵绵思远道。”李煜《清平乐》：“离恨恰如芳草，更行更远还生。”等等。作者融化变换，用一“划”字，离恨更觉深刻有力。下片进一步写思念情人的欢会柔情，激发悲凄的离情春怨。“无端”句暗承上片“念”字，气脉贯串，一片痴情，溢于纸上。结句以黄鹂啼鸣作结，含蓄空灵。

倚危亭，恨如芳草，萋萋刬尽还生①。念柳外青骢别后②，水边红袂分时③，怆然暗惊。　　无端天与娉婷④。夜月一帘幽梦，春风十里柔情⑤。怎奈向、欢娱渐随流水，素弦声断，翠绡香减，那堪片片飞花弄晚，濛濛残雨笼晴。正销凝⑥，黄鹂又啼数声。

【翻译】

倚立在高高的楼亭，

离愁别恨，犹如青草，

这样茂盛，铲尽了又重生。

回想起

垂柳外我骑着青骢马离去之后，

水岸边她扬起红衣袖惜别时分，

心里凄切一惊。

没来由老天让她这样苗条美丽！

---

① 萋萋：草茂盛的样子。刬（chǎn 产）：通“铲”。② 青骢：青白色马。此处指骑马的男子。③ 红袂（mèi 妹）：红色衣袖。此指红衣女子。④ 娉婷（pīng tíng 乒亭）：姿容美好的样子。⑤“夜月”二句：杜牧《赠别》：“春风十里扬州路，卷上珠帘总不如。”此化用其意。⑥ 销凝：销魂、凝魄，销魂与凝魄，感伤如痴。

静夜月光洒满珠帘，
那幽会如同梦境；
春风吹过十里长街，
充满缠绵的柔情。
怎奈欢乐逐渐像流水一样逝去，
再也听不见她美妙的琴声。
纯洁的琴弦中断了曲声，
翠绿的丝巾消失了芳馨。
哪能忍受片片落花在夜晚逗弄，
濛濛残雨把晴空罩笼。
正当我黯然销魂，呆呆出神，
黄鹂鸟偏又啼叫几声！

# 梦扬州

这是秦观自制的曲调，取词中结句为名。词中抒写作者思恋扬州邂逅的歌妓，满怀离情，缠绵悱恻。上片写仲春傍晚雨后风光触发对江南情人的思念，下片抒写回忆扬州当年邂逅、情恋及离别归来情景，归结到离情的惆怅。上片以写景为主，而景中有情；下片的离情则包含于铺叙之中。

晚云收。正柳塘、烟雨初休。燕子未归，恻恻轻寒如秋①。小阑外、东风软，透绣帏、花密香稠。江南远，人

① 恻恻：清寒的样子。韩偓《寒食夜》：“恻恻轻寒翦翦风，小梅飘雪杏花红。”

何处，鹧鸪啼破春愁①。　　长记曾陪燕游。酬妙舞清歌，丽锦缠头②。殢酒困花③，十载因谁淹留？醉鞭拂面归来晚④，望翠楼，帘卷金钩。佳会阻，离情正乱，频梦扬州。

【翻译】

傍晚阴云消失，

正是柳拂池塘、雾散雨歇时候。

燕子还未归来，

清凉微寒，天气如秋。

春风从小栏杆外吹来，

是那样的轻柔。

穿过彩绣的帏幕，

茂密春花送来芳香浓稠。

江南多么遥远！

心上的人儿在何处逗留？

鹧鸪鸟叫尽了春愁。

---

① 破：尽，煞。 ②“丽锦”句：歌妓舞女演出毕，赏以锦彩，并置之头上，叫做缠头。见《太平御览》卷八一五引《唐书》。 ③“殢（tì替）酒”二句：化用杜牧《遣怀》“十年一觉扬州梦，赢得青楼薄幸名”诗意。殢：困扰、纠缠。 ④ 归来：指离开扬州，从江南归来。晚：指十年滞留。

常记当年曾经奉陪宴游，
为酬谢她的妙舞清歌，
将美丽锦缎送作缠头。
我沉溺于赏花饮酒，
那十年为谁滞留？
醉里挥鞭，春风拂面，
江南归来已经晚了很久。
回望她的翠楼，
帘儿仍挂在金钩。
美好的欢会被阻隔千里，
离情别绪正烦乱心头，
我常常梦见扬州。

# 满 庭 芳

此词当作于元丰二年(1079)。是年,作者曾游绍兴,郡守程公辟"馆之蓬莱阁"。一次宴会上,作者眷恋上一个歌妓,而这首词就是为她而作(见《苕溪渔隐丛话后集》卷三十三引《艺苑雌黄》)。作者当时三十一岁,虽然诗文已有声誉,但科场失意,连举乡贡也没有成功,因此,周济《〈宋四家词选〉眉批》说此词"将身世之感,打并入艳情"。作者成功地将离别之情,揉进对秋天晚景的描绘之中,颇能代表秦观词含蓄婉转风格。如"斜阳外"三句,白描勾画出一幅日暮孤村的荒凉图景,既渲染出别时的环境,又衬托出作者内心的凄凉情感。晁补之赞许说:"虽不识字人，亦知是天生好言语。”（见宋·吴曾《能改斋漫录》卷十六）首二句也极为人称道，一个“抹”字，一个“粘”字，将远景化静为动，烘托出一种难舍难分之情。苏轼也因此戏称作者为“山抹微云君”（见上引《艺苑雌黄》）。

山抹微云，天粘衰草，画角声断谯门①。暂停征棹，聊共引离尊。多少蓬莱旧事②，空回首、烟霭纷纷。斜阳外，寒鸦万点，流水绕孤村③。　　销魂④，当此际，香囊暗解⑤；罗带轻分⑥。谩赢得青楼、薄幸名存⑦。此去何时见也，襟袖上、空惹啼痕。伤情处，高城望断⑧，灯火已黄昏。

---

① 画角：古代军中吹奏的乐器。谯门：城楼。 ② 蓬莱：蓬莱阁，旧址在今浙江绍兴市龙山下。这里指会稽（绍兴）。作者有《别程公辟给事》诗，云：“回首蓬莱梦寐中。” ③“斜阳”三句：此连下片首句，化用隋炀帝诗（失题）：“寒鸦千万点，流水绕孤村。斜阳欲落处，一望黯销魂。” ④ 销魂：见柳永《曲玉管》注。 ⑤ 香囊：盛香料的小袋。古代男子有系香囊的习惯。 ⑥ 罗带：女子系在腰际的丝带。这里解带相赠，暗寓离别。 ⑦“谩赢”二句：杜牧《遣怀》：“十年一觉扬州梦，赢得青楼薄幸名。”谩：空。青楼：妓女、歌舞女居住的地方。薄幸：薄情。此化用其诗意。 ⑧“高城”句：欧阳詹《初发太原途中寄太原所思》诗：“高城已不见，况复城中人。”

**【翻译】**

山峰上涂抹了轻淡的云，
远天里粘着枯衰的草，
城楼上吹过了号角声声。
远行的船儿暂缓开行，
姑且为离别共饮一尊。
蓬莱阁中多少往事，
枉自回顾，只见云雾纷纷。
西下的夕阳远处，
寒鸦点点，
流水绕过孤寂的山村。

黯然销魂，
正当此刻，
香囊悄悄地解下衣带，
罗带轻轻地赠给离人，
空换得了在青楼上
留下一个薄情郎的名声。
这一去何时才能相会？
衣袖上枉自染上斑斑泪痕。
最伤感情处，
回望那高高城楼都不见，
眼前已灯火初上，日落黄昏。

# 鹊 桥 仙

《鹊桥仙》原是为歌咏牛郎、织女的爱情故事而创作的乐曲。本词也是歌咏这个优美的故事。历来歌咏这一题材的作品几乎都局限于抒写爱情不自由，被迫两地分居的悲哀。此词却自出机杼，通过牛郎、织女一年一度相会的题材，赞美了长久不衰的真挚的爱情，否定了朝欢暮乐的世俗情爱。因而末两句被称作“化腐朽为神奇”（黄氏《蓼园词选》），传为醒世名句。

纤云弄巧①，飞星传恨，银汉迢迢暗度②。金风玉露一相逢③，便胜却人间无数。　　柔情似水，佳期如梦，忍顾鹊桥归路④？两情若是久长时，又岂在朝朝暮暮。

【翻译】

片片彩云，那是织女巧织的花样，
流星飞过，传递牛郎分离的哀伤。
隔岸相望，银河是那样遥远，
织女悄悄渡过，会见她心爱的牛郎。
驾秋风，踏白露，一年一夕喜相逢，
远胜过人间的朝夕依傍。

温柔的情爱，就像是不尽的流水，
美好的约会，恍如在甜蜜的梦乡。
喜鹊搭起了相会的长桥，

---

①“纤云”句：比喻织女织造云锦技艺的精巧。农历七月初七称七夕，为乞巧节。妇女于时穿七孔针，陈设瓜果，向织女乞求赐给她们聪明技巧。见宗懔《荆楚岁时记》。②“银汉”句：传说每年农历七月七日织女渡过银河与牵牛相会。银汉：银河、天河。《白帖》：“天河谓之银汉，亦曰银河。”③ 金风：秋风。玉露：形容露水。李商隐《辛未七夕》：“由来碧落银河畔，可要金风玉露时。”此化用其意。 ④ 忍：不忍。

怎忍心朝着回去的路上顾望。

两人的感情若是天长地久，

又哪在于日日夜夜，成对成双！

# 千 秋 岁

此词一本题作“谪处州日作”，当作于绍圣二年(1095)的处州(今浙江丽水市)贬所。词中抒写春日谪居的无限愁思，有自己身世的不幸，更有对“元祐党人”相同命运的悲愁怨愤。上片“人不见”二句，下片“忆昔”四句，包含着作者深沉难言的感慨。“日边”一句，揭示出引起他深愁的原因，是前途的失望，理想的破灭。末句“愁如海”的怨愤呼号，三字“一语生色，全体皆振，乃所谓警句也”(见俞陛云《唐五代两宋词选释》)。它引起苏轼、黄庭坚诸师友的共鸣，均有和作。此外，“花影”二句也是此词名句。南宋范成大知处州时，因慕此二句，乃建“莺花亭”，并与徐子礼互相唱和，各赋六绝，以“记少游旧事”（范成大《石湖居士诗集》卷十《次韵徐子礼提举莺花亭并序》）。此词影响，可见一斑。

水边沙外，城郭春寒退。花影乱，莺声碎①。飘零疏酒盏②，离别宽衣带③。人不见，碧云暮合空相对④。

忆昔西池会⑤，鹓鹭同飞盖⑥。携手处，今谁在？日边清梦断⑦，镜里朱颜改。春去也，飞红万点愁如海。

**【翻译】**

水边沙堤的远处，

城中春寒已消退。

繁花景象缭乱，

黄莺鸣声破碎。

---

①“花影”二句：杜荀鹤《春宫怨》：“风暖鸟声碎，日高花影重。”此化用其意。 ②“飘零”句：化用杜甫怀念李白的诗《不见》“敏捷诗千首，飘零酒一杯”语意。 ③“离别”句：因伤别而消瘦，衣带因此宽松。《古诗十九首》之一：“相去日已远，衣带日已缓。” ④“碧云”句：化用江淹《休上人怨别》“日暮碧云合，佳人殊未来”语意。 ⑤西池：此处西池当指北宋汴京金明池。 ⑥鹓鹭：两种鸟。因飞行整齐有序，故用以喻朝官行列。飞盖：见《望海潮》其三注。 ⑦日边：喻京城，此指京城汴京。李白《永王东巡歌》：“西入长安到日边。”

身世飘零，我很少举起酒杯，
亲友离别，人瘦更松了衣带。
看不见亲朋好友，
每当青云在傍晚聚合时分，
我孤独地空自相对。

回忆从前的西池盛会，
朝官们一同飞车相随。
当时携手同游的地方，
而今那里还有谁在？
重回京城的梦想断绝，
镜里的青春容颜更改。
春天离去了，
飞零的红花千万点，
我的哀愁深如大海。

# 踏莎行

此词一本题作“郴州旅舍”,是作者于绍圣四年(1097)贬居郴(chēn 嗔)州(今湖南郴州市)时在旅舍中作。词中流露了作者被贬的愁苦怨恨,也寄寓了对家乡的思念。开首三句,便将人带进了一个凄迷虚幻的境界。“楼台”、“津渡”,恍如幻景。传说中的桃源,恰巧也同在湖南境内。词人联想到这世外乐园也仅仅是幻想。词中先用“雾失楼台,月迷津渡”渲染了一片幻境,再用“望断无寻处”五字,从而深刻地表现出作者累遭贬谪后那种极度的悲观失望。“可堪”两句,不言愁而愁自有难堪之感。下片点出“恨”字,而用一“砌”字拟状,则将抽象之情，化成了具体之形。结尾二句，是本词的名句。传说苏轼也极其欣赏，并写在自己的扇子上(见《苕溪渔隐丛话前集》卷五十引《冷斋夜话》)。苏轼当时的境遇与秦观相似，因此才有此强烈的共鸣。

雾失楼台，月迷津渡①，桃源望断无寻处②。可堪孤馆闭春寒③，杜鹃声里斜阳暮④。　驿寄梅花⑤，鱼传尺素⑥，砌成此恨无重数。郴江幸自绕郴山，为谁流下潇





---

① 津渡：渡口。② 桃源：桃花源。指陶潜在《桃花源记》中虚构出的一个世外乐园，并假称其地在武陵(今湖南常德)。③ 可堪：哪堪。④ 杜鹃声：相传杜鹃鸟的叫声像是在说"不如归去"。远离故乡的人听后容易勾起归思。⑤"驿寄"句：南朝宋·陆凯与范晔交善，自江南寄梅花与晔，并赠诗曰："折梅逢驿使，寄与陇头人。江南无所有，聊赠一枝春。"见《太平御览》卷九七〇引盛弘之《荆州记》。这里用来指朋友的寄赠和安慰。⑥"鱼传"句：指亲友的书信。古人书写用素绢，通常为一尺，叫做"尺素"。古乐府诗《饮马长城窟行》："客从远方来，遗我双鲤鱼。呼儿烹鲤鱼，中有尺素书。"按：古人习惯把尺素结为鲤鱼形。古乐府："尺素如残雪，结成双鲤鱼。要知心里事，看取腹中书。"见李白《赠汉阳辅录事》之二王琦注引杨升庵曰。

湘去①。

【翻译】

夜雾茫茫遮掩了楼台，
月色迷濛，辨不清渡口。
望桃源，眼欲穿，
不知何处去寻求。
哪能忍受孤独地在旅馆里，
关门挨过春寒气候。
在杜鹃的哀啼声里，
等待黄昏日落西山头！

驿站寄来一枝梅花，
鲤鱼函传一封书信，
堆砌成这样一重重愁恨无数。
郴江本来有幸围绕着郴山，
它为了谁又向潇湘奔流？





---

①"郴江"二句：比喻人的离别不是出于自愿，而是被迫的。郴江：水名，源出郴州东面黄岑山，北流入湘江的支流耒水。幸自：本自。潇湘：见柳永《玉蝴蝶》注。

# 浣　溪　沙

这首词写春愁。词中写一个女子在一个阴冷的春天早晨，独自登上小楼后的感受，春愁绵绵，寂寞无聊，情思恍惚，举止闲散。它笔触轻淡，融情入景，表现细微，耐人寻味。王国维认为，“宝帘”句的境界，可与《踏莎行》“雾失楼台”两句媲美（见《人间词话》）。

漠漠轻寒上小楼，晓阴无赖似穷秋①，淡烟流水画屏幽。　自在飞花轻似梦，无边丝雨细如愁，宝帘闲挂

① 无赖：无聊。徐陵《乌栖曲》：“唯憎无赖汝南鸡，天河未落犹争啼。”穷秋：晚秋，深秋。

小银钩。

【翻译】

轻微的春寒，
悄悄地漫上了小楼。
阴沉的早晨百无聊赖，
好似那萧索的晚秋。
屏风上的淡烟流水，
也是那样清寂深幽。

落花自由自在地飘荡，
好似梦境般轻柔。
无边无际的丝丝春雨，
细密得像缕缕哀愁。
珍珠缀成的帘子，
悠闲地挂在小小的银钩。

# 如梦令

此词写旅途长夜难寐情景。情调凄恻，笔墨省净，写出了古代简陋荒寂的驿舍。词牌一作《忆仙姿》。

遥夜沉沉如水，风紧驿亭深闭①。梦破鼠窥灯②，霜送晓寒侵被。无寐，无寐，门外马嘶人起。

【翻译】

静静长夜，

像潭水一样的沉寂。

---

① 驿亭：古代供行旅途中歇宿的处所。 ② 梦破：梦醒。

风呼呼地猛吹，
驿亭的房门紧闭。
睡梦中突然惊醒，
老鼠正把油灯窥视。
霜露给黎明送来寒冷，
阵阵寒气浸透了衾被。
真难入睡，真难入睡，
门外马在嘶叫，
旅宿的人开始起身离去。

# 阮　郎　归

此词当作于绍圣三年(1096)初至郴州贬所的岁暮,写他寒冬之夜的寂寞孤独。上片起句写风雨生愁,次句写孤馆虚寂。三四句写听到凄凉的角声,人亦无眠。下片写对家乡的思念。最后两句,作者不说自己贬谪后音问断绝,度日如年,而只指出衡阳虽然僻远,传书的雁儿尚能到达,在郴阳连雁也看不见了。语虽浅淡,却委婉曲折地传达出作者难以排释的伤心苦痛。

湘天风雨破寒初①，深沉庭院虚。丽谯吹罢《小单于》②。迢迢清夜徂③。　　乡梦断④，旅魂孤，峥嵘岁又除⑤。衡阳犹有雁传书，郴阳和雁无⑥。

**【翻译】**

湘天风雨，

过了寒冷的冬初。

深深的庭院里，

空寂虚无。

鼓楼上的号角，

吹完了凄厉的《小单于》。

漫长的清冷夜晚，

就这样消度。

回乡的美梦做尽，

---

① 湘：指今湖南一带。破：过了。② 丽谯：指更楼，鼓楼。小单于：唐代大角曲名。李益《听晓角》诗："无限塞鸿飞不度，秋风卷入《小单于》。" ③ 徂（cú 殂）：过去。④ 梦断：梦醒、梦尽。⑤ 峥嵘：不平凡、不寻常。⑥"衡阳"二句：衡阳：今湖南省衡阳市。相传此处有回雁峰，北雁南飞，都到此而止。雁传书：见柳永《倾杯》注。郴阳：今湖南郴州市，在衡阳之南。和：连。

旅人的游魂孤独。

不平常的一年又要离去不复。

衡阳离乡虽然遥远，

还有大雁传来家书。

而今来到了郴阳，

连大雁的影迹全无。

# 满 庭 芳

此词当是追念旧日在汴京的繁华生活而作，并感叹其逝如梦境。词从开端至“豆蔻”句，倒叙从前的冶游生活，充满愉悦的心情，洋溢于景物之中，表现了作者对旧日生活的陶醉和怀念。这与结尾三句凭栏的寂寞心境，形成鲜明的对照，突出了今昔之感。后三句，也完全寓情于景。作者感情的变化，借助在景物的转换之中。此词描绘物态尤为细致。如“飞燕”句、“舞困”句，“秋千外”两句等等。有的学者认为这首词是秦观被谪后作，寓有寄托，并非全写儿女情事。

晓色云开，春随人意，骤雨才过还晴。古台芳榭，飞燕蹴红英①。舞困榆钱自落②，秋千外、绿水桥平。东风里，朱门映柳，低按小秦筝③。　　多情。行乐处，珠钿翠盖④，玉辔红缨⑤。渐酒空金榼⑥，花困蓬瀛⑦。豆蔻梢头旧恨，十年梦、屈指堪惊⑧。凭阑久，疏烟淡日，寂寞下芜城⑨。



**【翻译】**

拂晓的天色云开雾散，

春天顺随着人的心愿。

一阵骤雨刚刚过去，

还是露出了晴天。

古老的高台，华美的房轩，



---

① 蹴(cù促)：踢。 ② 榆钱：榆荚。 ③ 秦筝：一种拨弦乐器。相传为秦人蒙恬改制，故名。 ④ 珠钿：珍珠镶嵌的金首饰。翠盖：形容妇女乘坐的华贵车子。 ⑤ 红缨：连结发冠的红丝带，此指冠冕，是贵官装扮。 ⑥ 金榼(kē科)：金制的盛酒器。 ⑦"花困"句：即指为蓬瀛之花所困。连上句，意谓沉溺于酒、花之中。花也暗示歌妓。蓬瀛：蓬莱、瀛洲，传说中的海上仙山。见《史记·封禅书》。这里借指冶游之地。⑧"豆蔻"二句：隐括杜牧诗意。杜牧《赠别》诗："娉娉袅袅十三馀，豆蔻梢头二月初。"十年梦：用杜牧《遣怀》诗意，前已屡见。 ⑨ 芜城：指扬州。南朝宋竟陵王刘诞叛乱后，城邑荒芜，鲍照作《芜城赋》凭吊，后遂称扬州为芜城。

飞燕踢得红花片片。
榆树展枝起舞，
太累了，落下串串榆钱。
花园里的秋千外，
绿水已涨平桥面。
春风里，
朱门在柳条里掩映，
传来小秦筝正轻拨慢按。

那样的多情，
在寻欢作乐的地方留连：
珠花的首饰，翠羽的香车，
镶玉的缰绳，红缨的冠冕。
金杯中的美酒渐渐饮干，
醉困在如花美人的仙境里面。
像树枝上的豆蔻花，
想起她就长怀遗憾，
这场幻梦已过去十年，
屈指一算，真是令人惊叹。
靠着栏杆很久了，
云烟稀薄，日色暗淡，
我走下扬州城楼，寂寞伤感。

# 好 事 近

## 梦中作

此词当作于绍圣二年(1095)或三年的春天。词题说明它是在梦中创作的,所写自属梦境,而意象生动旷达,寓怅惘于奇丽,遣愁肠以梦幻,而真实感人,甚受称道。苏轼于此词跋尾说:“供奉官莫君沔官湖南,喜从迁客游,尤为吕元钧(吕陶字)所称。又能诵少游事甚详,为予诵此词至流涕。乃录本使藏之。”黄庭坚曾作诗曰:“少游醉卧古藤下,无复愁眉唱一杯。解道江南断肠句,而今惟有贺方回。”(《诗人玉屑》卷二十一引《冷斋夜话》)认为可与贺铸的名作《青玉案》一词媲美。

春路雨添花，花动一山春色①。行到小溪深处，有黄鹂千百。　　飞云当面化龙蛇，夭矫转空碧②。醉卧古藤阴下，了不知南北③。



**【翻译】**

漫步在春天的山道，
一路的雨，一路的花。
花儿令一山春色，
变得生机勃发。
走到小溪幽深处，
有黄鹂鸟成百上千。

飞云成龙为蛇，
就在眼前变化。
时时屈伸飞动，
游向碧空无涯。
我醉卧在古藤的浓阴之下，
东南西北，一点儿也不能辨察。



---

① 动：使它活动起来。② 夭矫(yāo jiǎo 腰绞)：屈伸自然而有气势。③ 了不知：完全不知。

# 周邦彦

## 瑞　龙　吟

这首词写作者重游旧地，不见旧日情人的怅惘忧伤心情。全词分三叠，抒写"章台路"上的见闻观感。"还见"五句写重游旧地，点明季节与情人的妓女身份，以及旧处依旧如昔的情形。二叠记人。用"黯凝伫"三字过渡后，写了他记忆中的一个最难忘的印象。"因念"五句细切生动地描写了情人当年的服饰情态。三叠写抚今追昔之情。"前度"七句，揭明了是重游故地，追访旧情，伊人犹在，其情尚存，但作者未见其人，情怀怅然。"事与孤鸿去"一句，承上启下。"探春"二句是全词主旨："探春尽是，伤离意绪。""官柳"以下，写归途景色，以寓愁肠欲断的离情，结束全篇。此词构思独到，铺叙宛转而层次分明，今昔对衬而全用侧笔，“层层脱换，笔笔往复”（周济《〈宋四家词选〉眉批》）。但也正如周济所说，它的内容“不过桃花人面，旧曲翻新耳”。这是一个古老的主题。

章台路[①]，还见褪粉梅梢，试花桃树，愔愔坊曲人家[②]，定巢燕子，归来旧处。　　黯凝伫，因记个人痴小[③]，乍窥门户。侵晨浅约宫黄[④]，障风映袖，盈盈笑语。　　前度刘郎重到[⑤]，访邻寻里，同时歌舞，惟有旧



① 章台：妓女住所的代称。汉代长安有章台街。唐、宋诗文多用作妓女聚居的地方。 ② 愔（yīn 音）愔：安静的样子。坊曲：里巷深处。唐代常用指乐伎歌女居住的教坊。 ③ 个人：即那人。 ④ 约宫黄：六朝宫廷妇女的一种妆饰样式。在鬓角涂饰微黄，称约黄。后来民间也加以仿效。梁简文帝《美女篇》诗：“约黄能效月，裁金巧作星。” ⑤ “前度”句：语出刘禹锡《再游玄都观》诗：“种桃道士归何处，前度刘郎今又来。”典故则用南朝宋·刘义庆《幽明录》所载刘晨、阮肇入天台山采药遇二仙女的故事。说他们相爱结婚，半年后，二人思归。出山后，才知已过去三百多年了。“欲再还仙女家，寻山路不获”。用以比喻轻易与情人分别后的追悔。

家秋娘[1]，声价如故。吟笺赋笔，犹记《燕台》句[2]。知谁伴、名园露饮，东城闲步？事与孤鸿去。探春尽是，伤离意绪。官柳低金缕[3]。归骑晚，纤纤池塘飞雨。断肠院落，一帘风絮。

【翻译】

章台路上，
还看见色衰的梅花挂在枝头，
欲放的花苞结满桃树。
静静的里巷深处人家，
筑了窝的燕子，
飞回了从前的住处。

我凄黯伤神地伫立，
因为记起一个人儿，

---

① 秋娘：指作者所访歌妓。一说为唐贞元、元和间的名妓。作者以此比情人的身价。说见沈祖棻《宋词赏析》。② "犹记"句：李商隐《柳枝》诗序说：柳枝是洛阳的一位姑娘，她听到商隐堂兄让山吟咏商隐的《燕台》诗后，产生了爱慕之心。后因商隐之故不果。这里以喻情人为自己的知己。③ 官柳：官府种植的柳树。金缕：喻柳条。兼含传为杜秋娘所作《金缕衣》诗意："劝君莫惜金缕衣，劝君须惜少年时。"

又痴情，又娇小，
当时她忽然在门户里偷看。
她清晨薄施脂粉，
举袖遮风掩面，
体态轻盈，笑着来和我聊天。

上次来的刘郎，
今天又重游此地。
寻访她旧日的邻里，
知道与她同时歌舞的妓女，
如今只有从前这一家的秋娘，
身价仍如往昔。
她吟诵诗歌，写作文章，
还记得我那《燕台》般美好的词句。
现在不知她陪伴着谁？
也许在名园里露天饮酒，
或者在东城外散步嬉戏，
我和她难忘的往事，
大概跟着孤雁一起飞去。
探访春光，
全是伤心离别的情绪。
大道上的柳树，

垂下缕缕嫩黄的柔丝。
天晚了，骑马踏上归途，
池塘上，飞着细细的春雨。
在那痛断愁肠的院落，
帘儿上沾满了飘来的柳絮。

# 解 连 环

《解连环》又名《玉连环》，原称《望梅》，因周邦彦此词中有“纵妙手，能解连环”句，故改称今名。一本题作“怨别”。首句“怨怀无托”，即是本词的主题。作者写他被心爱的姑娘断然拒绝之后，那种无法消解的相思之情。词中巧妙地用了一个历史故事，来表达作者的这种痴情。据《战国策·齐策六》载：秦始皇曾派人给齐国王后送来一玉连环，说：齐国人聪明，能解开此环么？齐王后以示群臣，皆不能解。齐王后便拿铁椎把环打破，对秦使者说：这就解开了。齐王后用这个出人意料的简单方法解开了连环，就如词中女子运用妙手拒绝了作者的爱情一样。然而，男子心中缠绵往复的爱情，却像连环一样，按照常规是无法分开的。上片写女子的无情，一连用了几个比喻，又用燕子楼的故事来对比，但作者除感慨之外，仍不能忘情于她。下片写作者的感情波澜，由想采折芳香的杜若寄赠，写到烧掉情书的灰心失望的决绝态度，最后从“水驿春回”迸发出新的期待，写了自己对情人的爱恋不可移易。写得一波三折，真率感人。本词中，领起句子的单字，如纵、想、料、望、拚，都运用得很好。既符合本词句法的要求，又有助于作者细微感情的表达。

怨怀无托。嗟情人断绝，信音辽邈。纵妙手①、能解连环，似风散雨收，雾轻云薄。燕子楼空②，暗尘锁、一床弦索③。想移根换叶，尽是旧时，手种红药。　　汀洲渐生杜若。料舟移岸曲，人在天角。谩记得、当日音书，把

---

① 纵：操纵，施展。 ②“燕子”句：燕子楼在今江苏徐州。关盼盼是张愔的爱妓，善歌舞，雅多风态。愔死后，盼盼念旧爱而不嫁，居燕子楼十余年。（见白居易《燕子楼诗序》）。这里借指词中女子的居处。苏轼《永遇乐》词云：“燕子楼空，佳人何在？空锁楼中燕。”亦咏此事。为此句所本。 ③ 弦索：总称弦乐器。

闲语闲言，待总烧却。水驿春回，望寄我、江南梅萼①。拚今生②，对花对酒，为伊泪落。

**【翻译】**

怨恨的情怀无可寄托，
哀叹情人竟不再理我，
音信杳无，把我忘却！
她施展出高妙手法，
能一下子把连环解脱。
就像风散雨收般彻底，
一似云雾般轻薄。
燕子楼人去楼空，
灰暗的尘埃封锁了
满床的乐器弦索。
想来楼外的花丛，
已经连根移栽，换了新叶，
那全是我从前
亲手种下的红芍药。

---

① "望寄"二句：见秦观《踏莎行》注。 ② 拚（pàn 盼）：见秦观《望海潮》注。

沙洲上渐长出芳香的杜若，
料想她正移舟岸边，
远在天涯海角。
记得当时她寄来的书信，
都是说些无聊的闲言闲语，
等我统统把它烧了。
春回大地，
水驿的航船来往如梭。
望她能折一枝江南梅花，
托驿使寄赠给我。
甘愿今生今世，对花对酒，
为她把相思泪落。

# 满 庭 芳

### 夏日溧水无想山作

宋哲宗元祐八年至绍圣三年(1093—1096),周邦彦在溧水(今属江苏),久任县令,加之元祐二年获谴外放以来的各地辗转留滞,差不多已有八九年了。这首词就反映了他对这种漂流生活的厌倦情绪。上片开首七句,先写江南四月的黄梅天气,继写作者在闲静中的细致体验,以及所见之景。在似乎客观的欣赏态度中,反映出自己的苦闷心情。末三句才联想到当年白居易的贬谪,流露出作者的抑郁无聊。下片感叹身世的飘零,仕途的失意,又想饮酒排遣,却以萧闲的情致来暗示忧思的无已,委婉宣泄不满情绪。正如陈廷焯所说:“说得虽哀怨,却不激烈。沈郁顿挫中,别饶蕴藉。”(《白雨斋词话》卷一)它熔铸唐人诗句,运化无迹,浑然天成,各当其用,体现了周词风格的特点。

风老莺雏,雨肥梅子①,午阴嘉树清圆。地卑山近,衣润费炉烟。人静乌鸢自乐②,小桥外、新绿溅溅。凭栏久,黄芦苦竹③,疑泛九江船。　　年年,如社燕④,飘流瀚海⑤,来寄修椽⑥。且莫思身外,长近尊前。憔悴江南倦客,不堪听、急管繁弦。歌筵畔,先安簟枕,容我醉时眠。





**【翻译】**

暖风吹得小莺儿成长,
夏雨滋润梅子儿饱满。

---

① “雨肥”句:杜甫《陪郑广文游何将军山林》“红绽雨肥梅”为此句所本。 ② 乌:乌鸦。鸢:俗名鹞鹰、老鹰。 ③ “黄芦”句:白居易《琵琶行》:“住近湓江地低湿,黄芦苦竹绕宅生。”此与上文“地卑山近”,皆言自己目前的景况,与白居易谪居江州(今九江市)时的景况很相似。 ④ 社燕:燕子。燕子每年春社时来,秋社时去,所以称为社燕。社,指社日,是古代春秋两次祭祀土神的日子。 ⑤ 瀚海:这里泛指远僻的地方。 ⑥ 修椽(chuán 船):长的椽子。此指燕子筑巢的地方。

正午阳光映照茂树荫又清又圆。
这里地势低洼，靠近山丘，
衣服潮湿，烤干花费炉烟。
人声静寂，乌鸢任情欢乐，
小桥外，碧绿春水溅溅。
扶栏久久眺望，
黄芦丛生，苦竹满山，
我就像当年白居易，
浮舟九江边。

年年好似春来秋往的社燕，
从遥远的北方飞来，
栖身于人家的梁间。
且莫想身外的功名事业，
常常亲近在酒杯前。
我是个憔悴在江南的游子，
对作客他乡已经厌倦。
我受不了听见：
急促的管乐，繁杂的丝弦。
在歌舞酒宴的旁边，
先安放一张竹席，
请允许我醉时高枕而眠。

# 过 秦 楼

这是一首写离别之情的词。上片起首六句，回忆从前的欢乐；“人静”三句，转入眼前，写作者的相思之苦。“叹年华”三句，抒写了青春易逝、相思难熬的深沉感慨。换头三句，紧承上片“人今千里”，先从对方写起，与《诗经·卫风·伯兮》：“自伯之东，首如飞蓬。岂无膏沐，谁适为容！”有异曲同工之妙。接着，用“梅风”三句，借景言情，写春色已残，喻欢情消歇。周济《〈宋四家词选〉眉批》评曰：“入此三句，意味深厚。”最后五句，以“谁信”二字领起，正面写出自己的离情，与情人的思念形成彼此的对照，委婉含蓄。以景结情，发人联想。

水浴清蟾①，叶喧凉吹②，巷陌马声初断③。闲依露井④，笑扑流萤，惹破画罗轻扇⑤。人静夜久凭阑，愁不归眠，立残更箭⑥。叹年华一瞬，人今千里，梦沉书远。　　空见说、鬓怯琼梳，容销金镜，渐懒趁时匀染⑦。梅风地溽，虹雨苔滋，一架舞红都变。谁信无聊为伊，才减江淹⑧；情伤荀倩⑨。但明河影下，还看稀星数点。

**【翻译】**

月儿亮得像清水洗过，

凉风飒飒，树叶阵阵喧阗。

大街小巷静悄悄，

马儿的叫声刚断。

---

① 蟾：蟾蜍，此指月亮。 ② 凉吹：凉风。吹，读去声。 ③ 马：一本作“雨”。 ④ 露井：没有盖的井。 ⑤“笑扑”二句：杜牧《秋夕》：“银烛秋光冷画屏，轻罗小扇扑流萤。” ⑥ 更箭：古代以铜壶盛水，壶中立箭形的浮标，计滴漏计时计更。 ⑦ 趁时：追逐时尚。 ⑧“才减”句：江淹（444—505）：齐梁时期文学家。传说少时宿于江亭，梦人授五色笔，因而文思大进。后梦郭璞取走其笔，自此诗无佳句，人称“江郎才尽”。见《南史·江淹传》。 ⑨ 荀倩：荀粲，字奉倩，三国时魏国荀彧子。娶曹洪女，有美色，情爱至笃。妇死，粲感伤痛悼，年余亦亡，年仅二十九。见《世说新语·惑溺篇》。

她悠闲地靠着露井，
欢笑着扑打流萤，
弄破了画罗小扇。
夜深人静，
我久久地倚着栏杆，
忧愁得无法回房睡眠。
一直站到那漏壶的更箭，
指向夜尽更残。
叹息青春岁月好像一瞬之间，
那人儿现在千里外，
梦想沉没，书信遥远。

空听说，她鬓发蓬松，
怕用琼玉梳子梳拢发环。
镜中的容貌日益消瘦，
渐渐懒作时新的妆扮。
黄梅天的风，吹得地面潮湿，
出虹又下雨，青苔愈长愈多，
一架红花飞舞，香消色变。
谁相信我为她抑郁无聊，
好似才思减退的江淹。
又像三国时的荀粲，

生离死别,使我神情伤惨。
只有在银河的光影下,
凝望稀疏的星辰点点。

## 苏 幕 遮

这首词写久居汴京的思乡情绪，描绘了一幅雨后初晴的仲夏景色。上片写雨后景。末三句从不同角度写出荷花、荷叶栩栩如生的神态，王国维誉为："此真能得荷之神理者"(《人间词话》)。下片抒思乡情。末三句写轻舟归梦。梦境中的江南荷塘，与上片雨后风荷相应，虚实相映，脉络相连，结构巧妙完整。而语言清新，风格自然，也是本词显著特色。

燎沉香[①],消溽暑[②]。鸟雀呼晴,侵晓窥檐语。叶上初阳干宿雨,水面清圆,一一风荷举。　　故乡遥,何日去?家住吴门[③],久作长安旅[④]。五月渔郎相忆否?小楫轻舟,梦入芙蓉浦。

**【翻译】**

燃起沉香,

驱除潮湿的暑气。

鸟雀欢呼新晴天,

清晨在房檐上偷看,喳喳细语。

荷叶上,朝阳晒干了夜雨。

水面上又清又圆,

风吹荷花朵朵高举。

故乡遥远,

何日得归去?

家在苏州,

长久旅居在京城里。

---

① 沉香:又名沉水、蜜香,一种名贵的香料。 ② 溽(rù入)暑:潮湿的暑夏。 ③ 吴门:古代吴国建都于吴(今江苏苏州市),故以吴门为苏州的别称。 ④ 长安:这里借指北宋的都城汴京。

又是五月天气，
我这个渔郎，你可曾思忆？
摇小楫，荡轻舟，
梦里我又向荷塘驶去。

# 夜游宫

这首词是思念情人而作。词从暮秋的傍晚写到深夜，由水滨桥头写到古屋寒窗，铺叙渲染，移步换形，末三句，才逼出心底的感情。恰如周济指出："此亦是层迭加倍写法，本只'不恋单衾'一句耳，加上前阕，方觉精力弥满。"(《〈宋四家词选〉眉批》)是它艺术独到之处。

叶下斜阳照水，卷轻浪、沉沉千里①。桥上酸风射眸子②。立多时，看黄昏，灯火市。　　古屋寒窗底③，听

① 沉沉：深沉渺远的样子。 ②"桥上"句：李贺《金铜仙人辞汉歌》："魏官牵车指千里，东关酸风射眸子。"酸风：凄冷的风。吹人眼酸，故称酸风。 ③ 底：里。

几片、井桐飞坠。不恋单衾再三起。有谁知，为萧娘，书一纸①。

【翻译】

黄叶飘飘落下，
斜阳映照水面。
微风卷起细浪，
沉沉千里，浩渺无边。
桥上冷风吹来酸欲泪，
好像万箭射眼。
不知伫立多时，
看到日落黄昏，
灯火满街闪闪。

在古屋的寒窗里，
听见井畔梧桐树上，
几片落叶向下飞旋。
我一再起身下床，
单薄的被子不叫人依恋。

① “为萧”二句：唐代杨巨源《崔娘诗》：“风流才子多春思，肠断萧娘一纸书。”萧娘：女子的泛称。

有谁知道，
为向她倾吐相思，
写了满满一篇。

## 花　犯

### 梅　花

这首咏梅词，移情入梅，借梅咏怀，抒发了自己宦迹无常的落寞情怀。上片一二句点题写梅，风味依旧，而人事如何，却留给读者去想。"露痕"三句，写出了梅花天生丽质的神态，使人不禁想起唐人张祜（一作杜甫）的名句"却嫌脂粉污颜色"（《集灵台》）。然后写去年的赏梅，再用"更可惜"三字转入眼前。上片将印象中的去年的梅花，与眼前所见之梅融为一体，"意超而思永"（清黄氏《蓼园词评》）。下片转到写今年对花的感受。用"最匆匆"三字总括自己即将远行。二三句写花"似有恨，依依愁悴"。末五句揣想明年的梅梦，写出了梅花潇洒高雅的风姿，寄寓了自己漂泊的伤感。全词以“圆美流转”的笔法，“纡馀反覆，道尽三年间事”（宋黄昇《花庵词选》卷七）。

粉墙低，梅花照眼，依然旧风味①。露痕轻缀。疑净洗铅华，无限佳丽。去年胜赏曾孤倚，冰盘同燕喜②。更可惜，雪中高树，香篝薰素被③。　今年对花最匆匆，相逢似有恨，依依愁悴。吟望之，青苔上，旋看飞坠④。相将见⑤，脆圆荐酒⑥，人正在，空江烟浪里。但梦想，一枝潇洒；黄昏斜照水⑦。

【翻译】

低矮的粉墙边，
梅花分外耀眼，
昔年的风味依然。
有几滴露珠稍微点缀，
仿佛洗净了脂粉，

---

① 风味：风采和韵味。 ② 冰盘：果盘。燕：通“宴”。 ③ 篝（gōu 沟）：竹笼。这里谓熏笼。 ④ 旋：屡屡、不断。 ⑤ 相将：行将，不久将。 ⑥ 脆圆：梅子。荐酒：进酒，佐酒。 ⑦ “一枝”二句：林逋《山园小梅》：“疏影横斜水清浅，暗香浮动月黄昏。”此化用其意。

天然无比的美丽娇妍。
去年我曾独倚花树，
尽情地把它赏玩。
折放在玉盘之中，
对着它饮酒欢宴。
那更叫人爱怜的景色，
是白雪将高高的梅树铺掩。
像一床白色的被子，
罩在散香的薰笼上面。

今年赏花最是匆忙，
相逢时好像有难言的哀怨。
它依依难舍，愁容憔悴，
我久久沉吟相探。
在长满青苔的地上，
很快看见飘落下花片。
不久将见到，
又圆又脆的梅子下酒佐膳。
那时，我也许正在远行，
水天空阔、烟波浩渺无边。
只是梦想一枝潇洒的梅花，
斜映在黄昏的水面。

# 六　　丑

## 蔷薇谢后作

《六丑》是周邦彦创制的新调。此词“精深华妙，后来作者，罕能继踪”（清·蒋敦复《芬陀利室词话》卷一）。词的内容是惜花伤春，寄寓着词人的身世之感，仕途失意，怀才不遇。上片起首三句，点出时令与久客之感。“愿春”三句，写惜春的怅惘之情。周济评此三句曰：“十三字千回百折，千锤百炼”（《〈宋四家词选〉眉批》）。接着以自问自答转入正题，写蔷薇的凋谢。然后用“多情”三句，感叹无人惜花，只有蜂蝶叩打窗槅，表示哀悼。下片先通过吊花，正面表现自己的惜花之情。“长条”三句，反过来写花也恋人。再用“强簪巾帻”写人恋花。人花交恋，变化曲折，“奇情四溢”（《蓼园词评》）。最后幻想花瓣能像红叶那样代寄相思，富有意蕴。此词交织着作者对美好事物遭受摧残而产生的悲伤心情。但“比兴无端，指与物化”（引同上），虽然寄托隐晦，但审美价值显著。



正单衣试酒[1]，怅客里、光阴虚掷。愿春暂留，春归如过翼[2]，一去无迹。为问花何在[3]？夜来风雨，葬楚宫倾国[4]。钗钿堕处遗香泽[5]。乱点桃蹊，轻翻柳陌。多情为谁追惜？但蜂媒蝶使[6]，时叩窗槅[7]。　东园岑寂，渐蒙笼暗碧[8]。静绕珍丛底[9]，成叹息。长条故惹行客。似牵衣待话，别情无极。残英小、强簪巾帻[10]。终不



① 试酒：宋代在农历三月末或四月初有尝新酒的习俗。见周密《武林旧事》。② 翼：鸟翅，这里指鸟。③ 为：替我。④ 楚宫倾国：楚王宫的美人。这里指蔷薇花。李延年在汉武帝面前作歌：“北方有佳人，绝世而独立，一顾倾人城，再顾倾人国。”后以倾国为美人的代称。以上二句化用孟浩然《春晓》：“夜来风雨声，花落知多少。”⑤ 钗钿（diàn 电）：妇女的首饰。⑥ 蜂媒蝶使：蜂、蝶因常在花丛中飞舞，诗词中常把它们拟人化，称作花的媒人和使者。⑦ 槅（gé 隔）：窗格子。一作“隔”。⑧ 渐：正、正是。⑨ 底：里、下。⑩ 簪：用作动词，插。巾帻：束头方巾。

似，一朵钗头颤袅，向人欹侧①。漂流处、莫趁潮汐②。恐断红、尚有相思字③，何由见得？



【翻译】

正是单衣尝新酒的天气，
我异乡旅居，满怀惆怅，
将大好时光，白白抛弃。
盼春光暂时停留，
春天却像飞鸟一去无踪迹。
为我探问，花儿都在哪里？
原来是被昨夜的风雨摧残，
像埋葬楚宫中的美女。
花瓣像佳人的钗钿，
坠落之处都留有香气。
胡乱撒在桃树下的小路，
在柳荫道上被风轻轻卷起。



---

① 欹(jī 机)侧：倾斜。 ② 潮：早潮。汐：晚潮。 ③“恐断”二句：唐代卢渥到京城应试，偶然从御沟拾得从宫中漂流出来的一片红叶，上题诗云："流水何太急？深宫竟日闲。殷勤谢红叶，好去到人间。"后来，卢渥与遣放出来的宫女结成婚姻，凑巧，女方原来就是题诗在红叶上的人。事见范摅《云溪友议》卷十。

多情的人为谁追忆惋惜?
只有花的媒人蜂和蝶,
时时叩打窗棂,为她悲泣。

东园一片静寂,
正草木葱茏,绿阴深碧。
我静静绕行在花丛里,
发出深长的叹息。
蔷薇伸出长枝,
故意招惹我的心绪。
好像牵着我的衣衫,
想倾诉无尽的离情别意。
摘下残留的一朵小花,
勉强插在头巾里。
终究比不上
美人钗头上一朵颤动的花,
倾向人们,袅袅摇曳。
落花漂流的地方,
不要正赶上早潮晚汐。
恐怕残败的花片上,
还有美人相思的诗句。
漂去了,谁还知道她的心意?

# 兰 陵 王

## 柳

古典诗词中,写到离别,常离不开柳。虽名为咏柳,其实也是写离情。全词分三叠。首叠扣在柳上写别离之恨。前五句写眼中所见之柳,后五句写因之而起的倦游心情。其中“拂水”一句,把柳枝的仪容姿态,写得生动有情。“长亭”三句,设想新奇,包含着“人间离别多”的感叹。二叠写送别时的情景。前四句是设宴饯别,后四句是代行人想象别离后的旅途景况,以“愁”字直贯四句。三叠正面抒写离情。首二句是送行者即作者直陈离恨的深重。“渐别浦”二句实写船去后的冷落凄凉。然后用“斜阳”一句,将一腔的感想绾结在景色中,展现出一种绮丽而悲壮的境界。最后五句以“念”字领起，回笔追忆往事，进一步地烘托离恨的深长。本词布局井然有序，一丝不苟；构思虚实结合，相互映衬。据宋·毛幵《樵隐笔录》说：南宋绍兴年间，此词曾广泛流行，“谓之《渭城三叠》”，并说它“至末段声尤激越，唯教坊老笛师能倚之以节歌者”（引自清冯金伯辑《词苑萃编》卷二十四）。可知此词确是一篇声情并茂的佳作。

柳阴直，烟里丝丝弄碧。隋堤上①、曾见几番，拂水飘绵送行色。登临望故国。谁识、京华倦客。长亭路②，年去岁来，应折柔条过千尺。　　闲寻旧踪迹，又酒趁哀弦③，灯照离席。梨花榆火催寒食④。愁一箭风快，半篙波暖，回头迢递便数驿⑤。望人在天北。　　凄恻，恨堆积。渐别浦萦回⑥，津堠岑寂⑦。斜阳冉冉春无极。念月榭携手，露桥闻笛。沉思前事，似梦里，泪暗滴。

---

① 隋堤：隋炀帝开导汴水，名通济渠，沿渠筑堤，称隋堤。② 长亭：见柳永《雨霖铃》注。③ 趁：逐。④ 榆火：指榆柳火。旧俗以清明前一日或二日为寒食节，禁火三天，节后另取新火。唐宋时，清明日朝廷取榆、柳的火，以赐近臣。⑤ 迢递（tiáo dì 条地）：遥远的样子。⑥ 渐：正、正当。别浦：送别的水滨。⑦ 津堠（hòu 后）：码头上瞭望和歇宿的地方。

**【翻译】**

长堤上柳荫行列连成一线，
雾气里柳条丝丝飞舞，
绿色的柳枝千条万缕，
卖弄着碧绿姿颜。
隋堤上，
曾经多少次看见。
垂杨拂水，柳枝飘絮，
人们送别的神色黯然。
登上高处，
眺望远方的家园。
有谁知道，
我这京城旅客多么厌倦。
十里长亭路旁，
送往惜别，年复一年，
攀折柔枝赠行人，
尺尺相连，恐怕已过千。

我乘闲来追寻往事的踪迹，
又赶上了饯饮演奏哀曲，
灯火照明在离别的酒筵。
梨花盛开，榆火点燃，

催走寒食，正在清明前。
离人满怀忧愁，
船趁顺风，快如飞箭。
半篙入水，春水温暖。
回头看便远远驶过几个驿站，
眺望送行人已在天边。

我的心情凄楚悲痛，
离愁别恨，堆积如山。
分别的江浦只有水波回旋，
渡口的望所冷落难堪。
斜阳缓缓地落下，
烂漫的春色无际无边。
回想我们月下榭中携手夜游，
露里桥上共聆笛声婉转。
沉思往事，
像做了一场春梦，
热泪暗暗地涌出双眼。

# 西　河

## 金陵怀古①

这首怀古词，即景抒情，追怀古昔，表达了一种今昔的盛衰之感和物是人非之慨。它主要隐括了刘禹锡两首诗的诗意。一是《石头城》："山围故国周遭在，潮打空城寂寞回。淮水东边旧时月，夜深还过女墙来。"二是《乌衣巷》："朱雀桥边野草花，乌衣巷口夕阳斜。旧时王谢堂前燕，飞入寻常百姓家。"作者通过对原诗的改铸熔化，并将自己的感触与原诗融为一体，以眼前景色如"风樯遥度"、"雾沉半垒"、"酒旗戏鼓"等，以及莫愁的传说扩

① 金陵：今江苏南京市。

展铺衍，丰富和扩大了词的境界。它分三叠，一叠写金陵山川形胜，二叠写其古迹，三叠写眼前景物。

佳丽地[①]，南朝盛事谁记[②]？山围故国绕清江[③]，髻鬟对起。怒涛寂寞打孤城，风樯遥度天际。　断崖树，犹倒倚，莫愁艇子曾系[④]。空馀旧迹郁苍苍，雾沉半垒。夜深月过女墙来[⑤]，伤心东望淮水。　酒旗戏鼓甚处市？想依稀、王谢邻里[⑥]。燕子不知何世，向寻常、巷陌人家，相对如说兴亡，斜阳里。

**【翻译】**

这片美丽的土地，

南朝的繁华谁还记起？

---

① 佳丽地：指金陵。谢朓《入朝曲》："江南佳丽地，金陵帝王州。" ② 南朝：即指建都于金陵的吴、东晋、宋、齐、梁、陈等朝代。 ③ 故国：与下"孤城"都指石头城，为六朝故城，遗址在南京市清凉山。 ④ 莫愁艇子：莫愁是南朝一个女子的名字。古乐府《莫愁乐》："莫愁在何处？莫愁石城西。艇子打两桨，催送莫愁来。"今南京水西门外有莫愁湖。 ⑤ 女墙：城上的小墙。 ⑥ 王谢：王氏、谢氏，为东晋时期的两个豪门大族。他们都住在金陵乌衣巷。

群山包围着旧时的都城，
清清的江水缭绕逶迤。
两岸对峙的山峰，
像美人头上的发髻。
怒涛拍打空旷的孤城，
风帆驶向遥远的天际。

水边断崖上的老树，
依然倒挂在绝壁。
美丽的莫愁姑娘，
或许曾在这里把船儿系。
如今空留下郁郁苍苍的遗迹，
雾气沉沉的残半营垒。
明月在深夜越过城上的女墙，
东望秦淮河，令人伤心泪滴。

酒旗招展，戏鼓喧腾，
这是什么繁华的街市？
想来仿佛是：
当年王、谢相邻的巷里。
燕子不知人世的沧桑，
飞向普通街道的百姓人家，

相对喃喃絮语，
似在诉说古城的兴衰，
在西斜的夕阳里。

# 菩萨蛮

## 梅雪

这首题咏梅花雪景的词，表现了思妇念远的深情，也暗含羁旅行役之苦的感慨。它“造语奇险”（周济《〈宋四家词选〉眉批》），情绪激越，而细加吟味，可以体会其实是浓情淡出，欲露还藏，别是一种含蓄婉转。

银河宛转三千曲，浴凫飞鹭澄波绿。何处是归舟？夕阳江上楼。　　天憎梅浪发，故下封枝雪。深院卷帘看，应怜江上寒。

**【翻译】**

银河般的江水，

曲曲折折，源远流长。
浴水的凫雁，飞动的鹭鸶，
嬉戏在清澈碧绿的江上。
归舟行到了哪里？
夕阳西下，江边楼畔，
她在极目探望。

老天厌恶梅花纵情开放，
因而降下密盖枝条的大雪一场。
深院内卷帘探看，
该疼他，正挨冻孤坐船舱。

# 拜星月慢

## 秋思

本词写男主人公在一个秋日里，对昔日情事的追忆。词调为作者自创。上片起首五句，写男子去会见“秋娘”的情景，画出伊人所处的幽雅环境。后五句正面写人。比喻新颖，外秀内美，描画出一幅传神的美人图。下片以“苦惊风吹散”一句为转折，用昔日由倾慕到相会的甜蜜，与现在的孤苦作强烈的对比，以显相思之情的深重。俞陛云说：“下阕‘雨润云温’何等旖旎，‘秋虫空馆’何等荒寒，两相写照，情孰能堪！人与寒蛩，同声叹息矣。”（《唐五代两宋词选释》）

夜色催更[1]，清尘收露，小曲幽坊月暗[2]。竹槛灯窗，识秋娘庭院[3]。笑相遇，似觉、琼枝玉树相倚，暖日明霞光烂。水眄兰情[4]，总平生稀见。　　画图中、旧识春风面[5]。谁知道、自到瑶台畔[6]，眷恋雨润云温，苦惊风吹散。念荒寒、寄宿无人馆。重门闭、败壁秋虫叹。怎奈向[7]、一缕相思，隔溪山不断。

【翻译】

夜色催得天更深，

清尘吸收露水净，

曲折幽深的小巷里，

月光愈发昏暗。

竹栏内，小窗灯火，

认得是，秋娘的庭院。

当初我俩欢笑相遇，

---

① 更：古代夜间计时单位，即更点。 ② 小曲幽坊：小而幽静的坊曲。坊曲：见《瑞龙吟》注。 ③ 秋娘：唐代乐妓多以"秋娘"为名，如谢秋娘、杜秋娘等。这里借指词中的女子。④ 眄(miàn 面)：斜视的样子。这里指眼波。 ⑤"画图"二句：杜甫《咏怀古迹》："画图省识春风面，环佩空归月夜魂。"⑥ 瑶台：用玉石造的台，指美女所居。屈原《离骚》："望瑶台之偃蹇兮，见有娀之佚女。" ⑦ 怎奈向：怎奈，怎么办。向：语助词。

好像感觉琼枝玉树相倚傍，
又似日照红霞光灿灿。
眼波明如水，情感洁如兰，
全都是平生少见。

从前在画像上就认识，
她那春风般动人的容颜。
谁知道，自到仙女的瑶台畔，
眷恋云雨欢爱的温润缠绵，
更痛苦一阵惊风把我们吹散。
而今寄住在这无人的客馆，
荒凉寒冷，孤孤单单。
道道门户紧闭，
败壁残垣，秋虫唧唧哀叹。
怎么办呵，这缕缕相思情，
山山水水隔不断。

# 蝶 恋 花

## 早 行

本词写离别。词中人夜深时在枕上听到乌鸦的惊啼和拂晓时的汲水声，暗示人一夜未睡安稳。四五句写天将晓，不得不唤起行人。"唤起"两句，神态毕现，犹如一个动人的电影特写镜头。"冷"字，也暗示人垂泪之久与伤心之极。这是写别离前。下片开头两句写离别时一刹那的情景，无声胜有声，难分难舍之情表现得分外缠绵深刻。末两句写伊人登楼眺望行人，唯感寒气袭人，路长人远，鸡鸣相应。以景结情，含有不尽之意。此词写别前、别时、别后的情景，层次井然，而一首小令又能写得如此曲折沉着，实为不易。

月皎惊乌栖不定。更漏将阑①，轳辘牵金井②。唤起两眸清炯炯③，泪花落枕红绵冷。　　执手霜风吹鬓影。去意徊徨，别语愁难听。楼上阑干横斗柄④，露寒人远鸡相应。

**【翻译】**

皎洁的月光惊起乌鸦，
飞来飞去栖息不定。
更残漏尽，天将拂晓，
井上传来汲水的轳辘声。
唤起行人，两眼泪莹莹，
泪花落下，红绵枕头已浸冷。

握着手儿相送，
秋风吹乱发鬓。
欲行又止，心意徘徊，

---

① 更漏：古代夜间用铜壶滴水报时辰，一夜分五更，所以叫更漏。阑：尽。 ② 轳辘（lì lù 力陆）：井上汲水器绞动的声音。金井：井的美称。 ③ 炯炯（jiǒng 窘）：明亮的样子。 ④ 阑干：横斜的样子。横斗柄：指北斗星的柄横斜低移。斗柄：北斗七星的第五至七的三颗星是玉衡、开阳、摇光，连起来像古代舀酒所用的斗的把，叫做斗柄。

告别的话儿，愁得不忍听。
楼上横斜着北斗七星，
寒露袭人，行人已远，鸡鸣相应。

# 玉 楼 春

此词用东汉刘晨、阮肇入天台山逢二仙女，结婚半年后又思乡重返人间的故事(参见《瑞龙吟》注)，来比拟轻易和情人分别而产生的悔恨，重游旧地的怅惘。一二句即是对此传说的一个概括，悔恨一时失误，无法挽回。三四句以当日的欢爱对比今日的冷落，反映了旧情难续的悲哀。下片一二句写景，展示出了人物内心的空虚寂寞。末两句是两个比喻，以比眼下的情事，是周词的名句。陈廷焯《白雨斋词话》卷一说："美成词，有似拙实工者。如《玉楼春》结句云：'……。'上言人不能留，下言情不能已。呆作两譬，别饶姿态，却不病其板，不病其纤，此中消息难言。”

桃溪不作从容住，秋藕绝来无续处。当时相候赤栏桥，今日独寻黄叶路。　　烟中列岫青无数①，雁背夕阳红欲暮。人如风后入江云，情似雨馀粘地絮。

**【翻译】**

桃花溪边邂逅仙女，
我没有从容住下去。
像秋藕被完全折断，
无处接续旧日的欢娱。
红栏桥上，当时我俩幽会处，
黄叶满路，而今独寻旧踪迹。

暮烟中，青翠的群峰成列，
雁背上，薄暮的夕阳绚丽。
她犹如一朵彩云，
被风吹去，映在江里。
我的恋情好似雨后的柳絮，
牢牢地和大地粘在一起。

---

① 岫（xiù 秀）：峰峦。

# 夜飞鹊

## 别情

全词写别情。上片追忆送别情景,下片写怀人。上片起句点出“送人”和送别地方,次句表明时间在深夜。接着便引出离别情景,着力渲染环境的清冷气氛,以衬托人的凄凉心情;同时又细腻地用一系列动作,刻画了难分难舍之状。“花骢”三句,以马衬人,语极巧妙。“纵”字与“亦”字呼应,很好地传达出送者的难言之感。过片三句,言来时难分,故不觉路长,归去一人,故感路途“迢递”。遣词用语,皆归于情;且承上启下,转折到怀人上。所以陈洵《海绡说词》评:“换头三句,钩勒浑厚。转出下句,始觉沉深。”以下用“遗钿”,揭示当日所送乃是一个女子;

用“兔葵”二句，以寓重游旧地的惆怅。梁启超说此二句“与柳屯田之‘晓风残月’，可称送别词中的双绝，皆镕情入景也”(《饮冰室评词》)。而徘徊留恋，以至“欷歔”，真是一往情深，溢于言表。





河桥送人处，凉夜何其①。斜月远堕馀辉。铜盘烛泪已流尽，霏霏凉露沾衣②。相将散离会③，探风前津鼓④，树杪参旗⑤。花骢会意⑥，纵扬鞭，亦自行迟。

迢递路回清野，人语渐无闻，空带愁归。何意重经前地，遗钿不见，斜径都迷。兔葵燕麦⑦，向残阳、欲与人齐。但徘徊班草⑧，欷歔酹酒，极望天西。

---

①“凉夜”句：意为夜已深但尚未到天明。《诗经·小雅·庭燎》：“夜如何其？夜未央。”孔颖达疏：“夜半是也。”其(jī基)：语助词，无实义。 ② 霏霏(fēi 非)：这里形容露水之盛。 ③ 相将：行将，即将。 ④ 津鼓：古时渡口开船，击鼓为号。 ⑤ 参(shēn 身)旗：星辰名。又名天旗、天弓，属毕宿，共九星。《晋书·天文志上》：“参旗九星在参(按：二十八宿之一)西。” ⑥ 花骢(cōng 匆)：花马。 ⑦“兔葵”句：刘禹锡《再游玄都观绝句诗引》：“重游兹观，荡然无复一树，唯兔葵燕麦，动摇于春风耳。”此化用其意。兔葵：即菟葵，草名。燕麦：这里指野麦。 ⑧ 班草：把草铺开，坐在地上。

**【翻译】**

送人送到河桥头，
清凉夜，已到了何时？
斜月余下淡淡的清辉，
远远地向天边坠去。
铜盘里的蜡烛，泪已流尽，
清凉的露水濛濛，把衣裳沾湿。
饯别的宴会即将离散，
顺风探听，渡口发船鼓声是否响起？
仰望天空，树梢高挂着参旗。
马儿理解人的心意，
即使挥鞭，它仍缓缓地举蹄。

归路似分外的漫长，
四下是冷清清的野地。
人语声渐渐不闻，
空自带着哀愁归去。
哪料又经过送别的地方，
已不见昔日的踪迹。
寻不着她遗落的首饰，
走过的小径也茫然迷失。
只有兔葵燕麦在风中摇摆，

向着残阳，高与人齐。
我在旧地伤心地徘徊，
铺草坐地，哀伤叹息。
一边把酒洒在地上，
极目远望天西。

# 姜 夔

## 扬 州 慢

宋南渡后，扬州屡经兵火。继建炎三年(1129)金兵初犯扬州后，金主完颜亮在绍兴三十一年(1161)又大举南侵，曾占领扬州，使这座繁华的名城遭到了严重的破坏。作者于宋孝宗淳熙三年(1176)离开汉阳沿江而下，路经扬州，面对劫后的残破景象，写下这首名词。时作者二十二岁。全词以眼前的荒凉对比旧日的繁华，揭露了金人入侵所造成的灾难，流露了对国家前途命运的关怀。上片写扬州劫后的萧条荒芜，先从大处着墨，用“过春风”二句，在对比中总写一笔。“自胡马”以下六句，陈廷焯《白雨斋词话》卷二评曰:“写兵燹后情景逼真。‘犹厌言兵'四字，包括无限伤乱语。他人累千百言，亦无此韵味。"下片抒情，先以杜牧重到的设想，层层翻进，然后再寓情于写景之中，最后结以凄怆的问语。"二十四桥"三句是本词的名句，蕴含深痛，极抒今昔之感。

淳熙丙申至日①，予过维扬②。夜雪初霁，荠麦弥望③。入其城，则四顾萧条，寒水自碧。暮色渐起，戍角悲吟④。予怀怆然，感慨今昔，因自度此曲⑤。千岩老人以为有《黍离》之悲也⑥。

---

① 淳熙：宋孝宗年号，共16年(1174—1189)。丙申，淳熙三年。至日：冬至日。② 维扬：扬州的别称。③ 弥望：满目。④ 戍角：驻军的号角。⑤ 度曲：创作歌曲。⑥ 千岩老人：南宋诗人萧德藻，字东夫，号千岩老人，福建闽清人，有诗名于时。姜夔是他的侄女婿。《黍离》之悲：《诗经·王风·黍离》序说：此诗写东周一位大夫行役经过被犬戎焚掠后的西周故都，看到旧城荒废，宗庙宫室长满了庄稼，他忧伤彷徨，"悯周室之颠覆"，因而写了这首诗。后人就以"黍离之悲"，表示家国残破之痛。

淮左名都①，竹西佳处②。解鞍少驻初程③。过春风十里④，尽荠麦青青。自胡马窥江去后⑤，废池乔木⑥，犹厌言兵。渐黄昏，清角吹寒⑦，都在空城⑧。　　杜郎俊赏，算而今、重到须惊。纵豆蔻词工⑨，青楼梦好⑩，难赋深情。二十四桥仍在⑪，波心荡、冷月无声。念桥边红药⑫，年年知为谁生？

---

① 淮左：宋代在淮水下游的南岸设置淮南东路，古时以东方为左，故称淮左。扬州属淮南东路。 ② 竹西：杜牧《题扬州禅智寺》：“谁知竹西路，歌吹是扬州。”宋时在扬州北门外建有竹西亭。 ③ 初程：初次旅行的里程。此年作者初次至扬州。 ④ 春风十里：形容从前扬州的繁华景象。杜牧《赠别》诗：“春风十里扬州路。” ⑤“自胡马”句：指宋高宗绍兴三十一年(1161)金兵南侵，劫掠扬州，损失惨重。 ⑥ 乔木：高大的树木。颜延之《还至梁城作》：“故国多乔木，空城凝寒云。” ⑦ 清角：凄凉的号角。 ⑧ 都：不过。 ⑨ 豆蔻(kòu 扣)词：指杜牧的《赠别》诗。“豆蔻梢头二月初”为其中的名句。原用以比喻女子的年轻。 ⑩ 青楼梦：指杜牧《遣怀》诗。其中有“十年一觉扬州梦，赢得青楼薄幸名”二句。青楼：见秦观《满庭芳》注。 ⑪ 二十四桥：唐代扬州有二十四座桥。杜牧《寄扬州韩绰判官》诗：“二十四桥明月夜，玉人何处教吹箫？”按二十四桥，宋代仅存八座。见沈括《梦溪笔谈·补笔谈》卷三。这里是泛指。 ⑫ 红药：即芍药花。二十四桥又名红药桥，桥边盛产红芍药花。蔡絛《铁围山丛谈》卷六：“维扬芍药甲天下。”

【翻译】

淳熙三年冬至日，我经过扬州。夜里下起的雪刚刚转晴，满眼是荠菜和野麦。进城后，举目四顾，一片萧条，只有寒冷的水依旧碧绿。天色渐渐晚了，守城军士吹起悲凉的号角。我的心情悲伤，感慨扬州的今昔变化。因此，自己创制了这个曲调。千岩老人认为含有《诗经·黍离》中那种思念故国的悲痛之情。

扬州是淮南东部的名都，
竹西亭的去处多么迷人。
这是我初次来到的旅程，
卸下马鞍暂时且休停。
经过从前春风十里的繁华长街，
到处是青青的荠菜、野麦，荒草丛生。
自从金兵的铁骑践踏之后，
只留下荒废的池塘，高大的树木，
人们仍厌恶谈起战争。
到了黄昏，
寒风吹来凄清的号角，
不过是在一座空城。

前代杜牧卓越的鉴赏，
料想到了今天，
如果他重来也应心惊。
纵然他“豆蔻”诗句这样精巧，
“扬州梦”绝唱确实美妙，
也难表达此时的深情。
二十四桥依旧在，
微波荡漾，
清冷的月光寂静无声。
试想桥边的红芍药，
年年不知为谁而生！

## 小重山令

赋潭州红梅[1]

这首小令咏红梅，寄托了对情人的思念。上片开头两句点题，然后由景引出离情，进而以思念中的情人红裙姑娘与红梅映衬，实则以花比人，人亦如花。下片采用了发生在湖南的传说，用竹的红斑比拟红梅，比喻相思的深沉，既关合题意，又使红梅喻含的意义更为充实。

人绕湘皋月坠时[2]，斜横花树小[3]、浸愁漪[4]。一春

---

① 潭州：今湖南长沙。 ② 湘皋：湘江岸边高地。 ③“斜横”句：见周邦彦《花犯》注。 ④ 漪：涟漪、水波纹。

幽事有谁知[1]？东风冷，香远茜裙归[2]。　　鸥去昔游非[3]，遥怜花可可[4]、梦依依。九疑云杳断魂啼[5]。相思血[6]，都沁绿筠枝[7]。



**【翻译】**

有人环绕湘江岸边高地漫步，
直到明月坠落江底。
横斜的疏枝上缀着小小的花朵，
影沉江水，荡起了哀愁的涟漪。
整个春天里的心事，有谁得知？
东风清冷，
花香远飘，
红裙姑娘来了又回去。



---

① 幽事：心事，此指儿女私情。 ② 茜裙：茜草染的红裙。这里以人比红梅，虚实双关。归：兼喻红梅凋谢。 ③“鸥去”句：《列子·黄帝》载，海边有个少年每天与海鸥游玩，他父亲叫他捉一只海鸥回家。次日他到海边，海鸥就飞走了，不跟他玩。此用其事，是说红梅所喻女子发觉找错了人。 ④ 可可：隐隐约约，指心事。 ⑤ 九疑：在今湖南宁远县南，山有九峰。古代传说帝舜南巡，死于苍梧，葬于九疑山女英峰下。二妃娥皇、女英追至，哭帝极哀，泪染于竹，斑斑如血。 ⑥ 相思血：双关语。茜草又名血茜草、血见愁。这里既指二妃、又上应“茜裙”。 ⑦ 都：统统。筠(yún 匀)：竹子的青皮，引申为竹。

她像鸥鸟一样地飞走，
昔日的欢游毫无可取。
我遥远地怜惜红梅，
花儿隐隐的心事，
梦里私情的依依。
九疑山云雾杳邈，
娥皇、女英曾伤心断魂地哭泣。
如同茜草染红一样的相思血泪，
统统沁透在绿竹枝上的斑斑滴滴。

# 浣 溪 沙

词作于淳熙十三年(1186)秋天。据题序,作者在汉阳探问姐姐期间,与外甥酣饮游猎之时,“凭虚怅望”,触发了离别的愁思。词中以自我慰藉来解脱离愁,篇什短小,却波澜曲折,生动有致。上片一二句即写“自适其适”的酣酒游猎,意兴勃勃。三句一转,触发离愁。下片一二句写离愁别恨,都作议论,仿佛在劝诫世人,离恨使人老,做梦也无益。所以末句以“当时何似莫匆匆”作结。其思致,与晏殊《踏莎行》中“当时轻别意中人,山长水远知何处”相仿佛,但风格较为粗放。

予女媭家沔之山阳①，左白湖②，右云梦③；春水方生，浸数千里，冬寒沙露，衰草入云。丙午之秋④，予与安甥或荡舟采菱，或举火罝兔⑤，或观鱼簺下⑥；山行野吟，自适其适；凭虚怅望⑦，因赋是阕。

著酒行行满袂风，草枯霜鹘落晴空⑧。销魂都在夕阳中⑨。　恨入四弦人欲老⑩，梦寻千驿意难通。当时何似莫匆匆⑪。

【翻译】

我姐姐家住沔州的山阳村，左边是太白湖，右边临云梦泽。春水涨时，浸漫数千里；寒冬水枯，沙

---

① 女媭：姐姐的别称。《说文》引贾逵说："楚人谓姐为媭。"沔（miǎn 免）：沔州，今湖北武汉市汉阳。山阳，村名。山南为阳，山阳村在九真山（在汉阳西南）之南，故名。 ② 白湖：太白湖，在汉阳。 ③ 云梦：古薮泽名。这里指汉阳西边的一带湖泊。 ④ 丙午：宋孝宗淳熙十三年（1186）。 ⑤ 罝（jiē 揭）：捉兔子的网。这里作动词用。 ⑥ 簺（sài 赛）：用竹木编成的断水捕鱼工具。 ⑦ 虚：同"墟"，大丘，大土山。 ⑧ 鹘（hú 胡）：一种鸷鸟，一说即隼。 ⑨ 销魂：用江淹《别赋》"黯然销魂者，唯别而已矣"语，指离别感伤。 ⑩ 四弦：指琵琶。梁简文帝《生别离》："别离四弦声，相思双笛引。"此用其意，指离别的思念。 ⑪ 何似：如何，不如。

滩裸露，枯草连接天边。淳熙十三年的秋天，我与名安的外侄有时摇起小舟采摘菱角，有时举着火把布网捉兔，有时观看用篝捕鱼。漫步在山间，吟唱于原野，尽情领略这种闲适的生活。登临高丘，怅然远望，因而写下这首词。

带着微醉的酒意漫步，
衣袖灌满迎面的清风。
原野上秋草一片枯黄，
捕食的鹰隼飞落晴空。
离别的黯然销魂，
不过由于站在夕阳之中。

怨恨陷入离别的思念，
人就要变得衰老；
梦中到千百个驿站寻觅，
心意就很难相通。
当初分离的时候，
不如不要急急匆匆。

# 踏莎行

姜夔二十多岁时，在安徽合肥曾热恋上一个弹琵琶的歌妓。十来年过去了，作者在往浙江湖州，途经南京的船上，梦见了她，于是写下这首词。开头三句写梦见情人。中间五句记梦境，写情人向自己倾吐眷眷相思。末两句写梦醒之后，怜惜情人的离魂孤独无侣地归返合肥。笔调清丽，温情至厚，形象生动，构思巧妙，饶有情味。

自沔东来，丁未元日至金陵①，江上感梦而作。

燕燕轻盈，莺莺娇软②，分明又向华胥见③。夜长争得薄情知④？春初早被相思染。　　别后书辞，别时针线，离魂暗逐郎行远⑤。淮南皓月冷千山⑥，冥冥归去无人管⑦。

【翻译】

从汉阳向东而来，淳熙十四年正月初一到达南京，在江上有感于梦境而作。

似燕燕那样轻盈，
如莺莺那样娇软。
她的体态声容，
明明又在梦中相见。

---

① 丁未元日：宋孝宗淳熙十四年(1187)农历正月初一日。 ② 燕燕莺莺：出自苏轼赠张先的诗句："诗人老去莺莺在，公子归来燕燕忙。"原以汉代的赵飞燕、唐代的崔莺莺比所爱的女子。这里借以比所恋情人的体态和声音。 ③ 华胥：指梦中。《列子·黄帝篇》载，黄帝曾梦游华胥氏之国。后多以华胥代指梦境。 ④ 争得：怎能。 ⑤ 郎行(háng 杭)：情郎那边。见张相《诗词曲语辞汇释》。 ⑥ 淮南：指合肥。宋时属淮南路。 ⑦ 冥冥：黑夜沉沉。

夜总是这么长，

怎能让薄情郎知道我不眠？

春光刚刚来临，

我早就被相思感染。

别后的封封书信，

别时的一针一线。

魂儿离开了闺房，

暗暗地追随到情郎那边很远。

淮南的明月，

照冷了万水千山。

离魂在沉沉黑夜回去，

一路上没有人照管。

# 点 绛 唇

## 丁未冬过吴松作①

此词即景怀古，感时伤事，抒发归隐的情怀。上片写景，用比兴，有寄托。候鸟趋时向阳，追逐风云，寓意仕途中人。山峰屹立坚定，清贫仁泽，显喻清高隐者。下片怀古，写情怀，讽世态。作者有志归隐，追步前贤。但是眼前所见，柳下贤士、五柳先生等的隐居境况，已趋凋零，不胜感慨。它手法灵活，语言精炼，写景拟人，述怀抒情，言志明确点出前贤，怀古则以景熔典，有虚有

---

① 丁未：见上篇《踏莎行》注。吴松：即吴淞江，太湖最大的一条支流。一名笠津，又名松陵江，亦名松江。自太湖东北流，经吴江、苏州、松江、嘉定等地，至上海汇合黄浦江入海。本篇是姜夔自湖州往苏州见范成大，道经吴松作。

实，自然流畅，而含蓄有味，耐人吟咏。

燕雁无心①，太湖西畔随云去。数峰清苦，商略黄昏雨②。　　第四桥边③，拟共天随住④。今何许⑤，凭栏怀古，残柳参差舞。

【翻译】

燕子和大雁无心留恋，

在太湖西边随云飞去。

有几座山峰清寒贫苦，

正酝酿黄昏时降雨。

到了第四桥边，

我打算和天随子结伴居住。

现在是什么地方？

靠着栏杆，缅怀往古，

只见凋残的柳树，

高矮不齐地随风飘舞。

---

① 燕雁：燕子和大雁，泛指追求温暖的候鸟。 ② 商略：商量，酝酿。 ③ 第四桥：即吴江城外的甘泉桥，因泉品居第四得名。 ④ 天随：晚唐诗人陆龟蒙，字鲁望，自号天随子，姑苏(今江苏苏州)人。辞官后隐居松江甫里。 ⑤ 何许：何处。

# 长亭怨慢

本词是惜别情人之作。上片写正当暮春时分，在绿柳深隐人家的地方，主人公即将告别心爱的情人而去。“远浦”二句，是渡口所见，景色暗淡，如人心绪。“树若有情”二句，是套用李贺“天若有情天亦老”句意，极状离恨的深重。下片写人已在旅途之中，念及情人临别的深情叮咛，不禁黯然神伤，感叹虽有快剪刀，离情还是剪不断，理还乱。本词以刚硬笔调刻绘柔柳，抒写柔情，较突出地体现了作者词的艺术特色。其次，本词多用典引事，亦非一般袭用，而是善于创造变化。如“阅人多矣”，是采旧史字面以写柳，“树若有情”两句，套用而自创新意。其他亦皆如此。皆给人点铁成金，语意新奇之感。

予颇喜自制曲，初率意为长短句，然后协以律，故前后阕多不同。桓大司马云[①]："昔年种柳[②]，依依汉南；今看摇落，凄怆江潭。树犹如此，人何以堪！"此语予深爱之。

渐吹尽、枝头香絮，是处人家[③]，绿深门户。远浦萦回，暮帆零乱、向何许[④]？阅人多矣，谁得似、长亭树[⑤]。树若有情时，不会得、青青如此。　　日暮，望高城不见[⑥]，只见乱山无数。韦郎去也，怎忘得、玉环分

---

① 桓大司马：东晋桓温，官至大司马、都督中外诸军事。曾率兵出征前秦，经过金城，看见从前种的柳树都已干粗十围，不觉攀折枝条，泫然流涕说："木犹如此，人何以堪！"（《世说新语·言语》）。② "昔年"六句：引自庾信《枯树赋》，亦记为是桓温说的话。③ 是处：到处、处处。④ 何许：何处。⑤ 长亭：见柳永《雨霖铃》注。⑥ 欧阳詹《初发太原途中寄太原所思》有"高城已不见，况复城中人"句，这里化用其语，意谓回望来处，已不见恋人。

付①:"第一是、早早归来,怕红萼②、无人为主。"算空有并刀③,难剪离愁千缕④。



【翻译】

我相当喜欢自创歌曲。开始随意写长短的词句,然后按照音律来协调歌词,因此先后作的同一首曲多有不同。东晋大司马桓温说:"昔年在汉水之南种下轻柔的杨柳,今在江畔潭边看到它飘摇零落,令人为之伤感。树木尚且如此,人怎么经受得了呢!"这几句话,我深深地喜爱。



渐渐地吹尽了,
杨柳枝头的花絮。
处处人家,

---

① "韦郎"二句:《云溪友议》卷三载,韦皋游江夏,与婢女玉箫有情。后归,遂与玉箫约,少则五载,多则七年来娶,给玉箫留下一枚玉指环和一首诗。韦皋逾期不至,玉箫绝食而死。后得到一歌姬,酷似玉箫,中指肉隆起隐然如玉环。这里用韦郎自比,玉箫代指恋人。 ② 红萼(è饿):代指恋人。③ 并刀:古代并州(今山西太原市)出产的剪刀,以锋利著称。杜甫《戏题王宰画山水图歌》:"焉得并州快剪刀,剪取吴淞半江水。"此用其语。 ④ "难剪"句:化用李煜《相见欢》"剪不断,理还乱,是离愁"语。

门户一派深绿。
远处的河道曲折迂回,
暮色中,零乱的帆船驶向哪里?
看见过的离人多了,
有谁比得上长亭柳树你!
柳树倘若也有情,
不会如此的青翠茂密。

天色晚暮,
回望高城看不见,
只看到,无数乱山横眼际。
我是像韦皋那样地离去了,
但我怎能忘记。
我留下的玉环,她叮嘱的话语:
“第一是早早归来,
怕红花,无人拿主意。”
想来空有并州快剪刀,
难剪断千丝万缕的离愁别绪。

# 暗　香

《暗香》与《疏影》，都是姜夔自创的新调。这首词处处围绕梅花抒写对朋友的思念。全篇以梅花为线索，从往昔写到当今。开头“旧时”二字，直贯五句，是作者追忆昔日赏梅的情景。月色笛声，梅花美人，境界幽雅，豪兴雅趣，生活惬意。“而今”一转，境界突变，年渐老而无心赏梅，因分离而孤寂落寞。然而，梅花依旧，撩人情思。“叹寄”二句，想折梅寄远，但又无法送达。“翠尊”二句，对酒伤怀，因梅动情。“长记”二句，又转到回忆，与上面的“旧时”相呼应。结句便收煞在“几时见得”的感慨之中。全词用今昔对比，层层转折，委婉曲折地表达了怀人的感情，隐约寄寓了个人身世的慨叹。“千树压西湖寒碧”，境美语精，是本词的名句。

辛亥之冬①，予载雪诣石湖②。止既月，授简索句③，且征新声④，作此两曲。石湖把玩不已，使工妓隶习之⑤，音节谐婉，乃名之曰《暗香》、《疏影》⑥。

旧时月色，算几番照我，梅边吹笛。唤起玉人，不管清寒与攀摘。何逊而今渐老⑦，都忘却、春风词笔。但怪得、竹外疏花，香冷入瑶席⑧。　江国，正寂寂。叹寄与路遥⑨，夜雪初积。翠尊易泣⑩，红萼无言耿相忆⑪。

---

① 辛亥：宋光宗绍熙二年(1191)。 ② 石湖：南宋著名诗人范成大，晚年退居苏州西南的石湖，自号石湖居士。 ③ 简：书写的竹简，此指纸张。句：诗句，指诗篇。 ④ 新声：创作新的曲调。 ⑤ 工妓：乐工歌妓。隶习：学习。 ⑥《暗香》、《疏影》：语出林逋《山园小梅》诗：“疏影横斜水清浅，暗香浮动月黄昏。”词意指梅花的姿态和清香。 ⑦ 何逊：南朝梁代诗人，字仲言，曾作扬州法曹，酷爱梅花，写过一首《咏早梅》诗。作者这里以何逊自比，说自己年近衰老，昔日的游兴、诗兴都已减退。 ⑧ 瑶席：座席的美称。 ⑨“叹寄”句：暗用南朝陆凯折梅寄赠范晔的诗“折梅逢驿使，寄与陇头人”。参见秦观《踏莎行》注。 ⑩ 翠尊：绿玉装饰的酒樽。尊：同“樽”，酒杯，这里指酒。 ⑪ 红萼(è饿)：指红梅。耿：心中不宁，不能忘怀的意思。

长记曾携手处，千树压、西湖寒碧①。又片片、吹尽也，几时见得？



【翻译】

绍熙二年的冬天，我冒雪拜访石湖居士。在他家住了一个月，石湖给我纸笺，索要词章，而且征求新的曲调，我便创作了这两首新调。石湖不停地吟诵赏玩，叫乐工和歌女学习弹唱。词调的音节和谐婉转，于是为它取名叫《暗香》、《疏影》。



还是从前那样的月色，
算来有好多次照着我。
在梅花旁吹奏玉笛，
召唤美人起来，
不顾天气清寒，
与我一同攀枝折梅。
如今我像何逊那样逐渐衰老，
全都忘了春风早梅的词章文笔。
只觉得奇怪，竹林外稀疏的梅花，

① 千树压：宋代杭州西湖孤山梅花成林，所以说“千树压”。

把寒香送到我的座席。

江南水乡，
正格外静寂。
感叹折梅寄给路途遥远的朋友，
夜里大雪开始累积。
绿酒容易令人悲泣，
红梅无言，更激动我的思忆。
常记那曾经携手同游的地方，
千树梅花倒映在
西湖寒波碧水里。
又是片片梅花吹落的时节，
我们几时才能再遇？

## 疏　影

此首与《暗香》配合，重在刻画梅花的风姿品格，抒发惜花怜美的情怀。起首三句写梅花之貌，妙在用“翠禽”陪衬；次写梅花之神，用杜甫《佳人》诗中纯洁孤高的佳人形象以比梅花，梅花佳人，相迭为一，令人想见其高洁的神采。再用王昭君以写梅花之魂，比其幽静孤独之性。从各方面细致地描写梅花，表示了对它的由衷的赞美。但反映出的作者的心境，却是黯淡哀伤的。以下用“飞近蛾绿”、“莫似春风”、“一片随波”，写梅花凋落飘零的不幸遭遇，用“安排金屋”、“哀曲”、“小窗横幅”，写自己对花的惋惜同情。两相对照，反映了作者无可奈何的沉痛深情。本词由于它用典含意较隐晦，所指是友人或情人，抑或寄托宋徽宗、钦宗北俘的哀伤，历来争论不定。总观全词，它寄托幽微，可能是作者借咏叹梅花，来感伤自己的身世，倾吐怀才不遇的苦闷心情。

苔枝缀玉[1]，有翠禽小小，枝上同宿。客里相逢，篱角黄昏，无言自倚修竹[2]。昭君不惯胡沙远[3]，但暗忆江南江北。想佩环、月夜归来[4]，化作此花幽独。　　犹记深宫旧事，那人正睡里，飞近蛾绿[5]。莫似春风，不管盈





---

① 苔枝：长有苔藓的古老梅树枝。范成大《梅谱》载，绍兴、吴兴古梅"苔须垂于枝间"。 ② "无言"句：杜甫《佳人》："天寒翠袖薄，日暮倚修竹。"这里化用其意。修竹：长长的竹子。③ 昭君：西汉宫女王嫱，汉元帝对匈奴"和亲"，把她远嫁给匈奴呼韩邪单于。 ④ "想佩"句：杜甫《咏怀古迹》诗之三，咏王昭君事，有"环佩空归月夜魂"句，词意本此。佩环：衣上系的玉饰。 ⑤ "犹记"三句：南朝宋武帝刘裕之女寿阳公主，人日（农历正月初七日）闲卧于含章殿檐下，梅花落到公主额上，成五出花，拂拭不去；经三日，洗之乃落，宫女仿效，兴起了"梅花妆"。见《太平御览》卷三十引《杂五行书》。那人：指寿阳公主。蛾绿：指女子眉毛。蛾是形容眉毛的细长，绿指用青黛色涂眉。

盈①，早与安排金屋②。还教一片随波去，又却怨玉龙哀曲③。等恁时④、重觅幽香，已入小窗横幅⑤。





**【翻译】**

挂着苔须的梅枝上，
点缀着点点白花如玉。
一对小小的翠鸟，
枝头上依偎栖息。
客居里又逢梅花，
在那篱笆角上，日落黄昏，
独自背靠长长的绿竹，默默无语。
好像王昭君不习惯遥远的匈奴沙漠生涯，
只是暗暗地思念江南江北的故国乡里。
想来是她的灵魂
环佩叮咚地在月夜归来，

---

① 盈盈：形容女子仪态美好，这里借指梅花。 ② 金屋：《汉武故事》载，汉武帝刘彻幼时，他的姑母问他："儿欲得妇否？"并指着女儿阿娇说："好否？"他笑着回答："好。若得阿娇作妇，当作金屋贮之。"这里用来表示爱惜梅花。 ③ 玉龙哀曲：指古代的笛曲《梅花落》。玉龙：笛子名。李白《与史郎中钦听黄鹤楼上吹笛》诗："黄鹤楼中吹玉笛，江城五月落梅花。" ④ 恁（rèn 任）时：那时。 ⑤ 横幅：指画幅。

化作这株梅花，如此孤独幽寂。

还记得深宫里往昔故事，
那位寿阳公主正在睡梦里，
梅花飞近她青黛的秀眉。
不要像春风那样，
不理梅花的丰满美丽，
要早早安排金屋藏娇女。
如果还让她一片片落花流水去，
又反而埋怨玉笛吹奏哀曲。
等到那时候，
再寻觅梅花的幽姿清香，
她已进了小窗画幅里。

## 玲珑四犯

越中岁暮，闻箫鼓感怀

这首词作于绍熙四年(1193)的岁暮，写作者客居绍兴的感怀。上片首三句写人们忙于送岁迎春。“倦游欢意少，俯仰悲今古”，是作者苦闷心情的概括。“江淹”五句，写自己身世的飘零，充满离别苦愁。下片开头“扬州”五句记过去一段冶游生活，但现在已经酒醒梦破。“文章”二句，倾吐怀才不遇的失意不平。结尾两句，说要寻花觅草，解除客居中的孤寂，是作者的自我解嘲。

叠鼓夜寒，垂灯春浅，匆匆时事如许！倦游欢意少，俯仰悲今古①。江淹又吟《恨赋》②，记当时、送君南浦③。万里乾坤④，百年身世，唯有此情苦。　扬州柳垂官路，有轻盈换马⑤，端正窥户⑥。酒醒明月下，梦逐潮声去。文章信美知何用，漫赢得、天涯羁旅。教说与，春来要寻花伴侣。

【翻译】

绍兴岁暮，听吹箫击鼓声有感于心。

鼓声不断夜气寒，
彩灯高挂春意淡，
光阴匆匆过去，
时事如此这般。

---

① 俯仰：形容时间短暂。晋·王羲之《兰亭集序》："向之所欣，俯仰之间，已为陈迹。" ② 江淹：字文通，南朝文学家。济阳考城（今河南兰考东）人，历仕宋、齐、梁三代。早年以文章著名，其中《恨赋》、《别赋》最有名。 ③ 送君南浦：《别赋》："送君南浦，伤如之何！" ④ 乾坤：天地。 ⑤ 轻盈换马：唐·李玫《异闻实录》载：酒徒鲍生多声妓，韦生好乘骏马，两人各求其好。一日相遇于途，宿于山寺，对饮时，韦生用一个善弹四弦的妓女，换取了鲍生的一匹好马。轻盈：形容女子的体态很美，这里代指美女。 ⑥ 端正：形容女子面貌端庄，这里也代指美女。窥户：在室内向外窥视。这里指情遇。

厌倦旅游的人，
欢快的心意稀罕；
只觉得人生短促，
满怀古今盛衰的悲感。
我像江淹一样又吟唱起《恨赋》，
当时送君南浦的情景记忆犹鲜。
万里广阔的天地，
百年一生的身世，
唯有离情苦涩辛酸。

在扬州垂柳依依的官家大路，
有用轻盈的妓女交换好马，
端庄女子在门户里偷看。
当我在明月下一醉醒来，
美梦也就随着潮声一去不返。
即使文章确实写得美妙，
但却不知它究竟有什么用，
空落得浪迹天边。
让人家来跟我说，
春天了，
要寻花来作侣相伴。

# 齐天乐

这首咏蟋蟀的词，用比兴手法，含蓄地寄托了作者深远的愁怀。全词笼罩着蟋蟀的哀鸣，但只以“凄凄更闻私语”和“哀音似诉”两句正面写其声，其余则全用侧笔，写其不同的鸣叫环境，不同听者的感受，从各方面烘托蟋蟀的鸣声，反映出人间不同的愁苦，形成有机的交织，主客体融汇为一。结构独到，层层展开，曲折传神，凄切动人。

本词上下片连成一气。张炎认为这是过片“西窗又吹暗雨”写得好，因而才使“曲之意脉不断”（《词源》卷下）。他还认为全词“不留滞于物”（引同上），含有明显的寄托。从词序、及词中"候馆"三句，与作者词末自注，容易使人联想到北宋的沦亡，徽、钦二帝的被俘，以及南宋王朝的苟且偷安，斗蟋蟀等等玩物丧志的社会现象，而感受到作者词中的兴亡之感和对现实的批判。





丙辰岁①，与张功父会饮张达可之堂②，闻屋壁间蟋蟀有声，功父约予同赋，以授歌者。功父先成，辞甚美。予徘徊茉莉花间，仰见秋月，顿起幽思，寻亦得此。蟋蟀，中都呼为促织③，善斗。好事者或以三二十万钱致一枚，镂象齿为楼观以贮之。

庾郎先自吟《愁赋》④，凄凄更闻私语。露湿铜铺⑤，苔侵石井，都是曾听伊处。哀音似诉，正思妇无眠，起寻

---

① 丙辰：宋宁宗庆元二年(1196)。 ② 张功父：张镃，字功父，号约斋，南宋将领张俊之孙，著有《南湖集》。张达可，不详。 ③ 中都：都城的通称。这里指南宋都城临安(今浙江杭州)。一说指北宋都城汴京。 ④ 庾郎：庾信，字子山，北周文学家，有《庾子山集》。《愁赋》：庾信的作品，今已不传。叶廷珪《海录碎事》卷九保存了其中的片断。 ⑤ 铜铺：铜制的铺首(衔门环的底座，以铜制成兽面图案)。

机杼①。曲曲屏山，夜凉独自甚情绪。　西窗又吹暗雨，为谁频断续，相和砧杵②？候馆吟秋，离宫吊月③，别有伤心无数。豳诗漫与④，笑篱落呼灯，世间儿女。写入琴丝，一声声更苦⑤。

**【翻译】**

庆元二年，与张功父一同饮酒于张达可的堂上，听见屋壁间有蟋蟀在鸣叫，功父邀请我一同写词，交给歌手演唱。功父先写成，文辞很美。我徘徊于茉莉花间，仰头望见秋月，顿时产生了幽深的情思，很快也写成此篇。蟋蟀，都城叫促织，善斗。好事的人，有的拿三二十万钱购得一只，用象牙雕刻成楼台形状的笼子来盛养它。

庾信早已吟诵了《愁赋》，

---

① 机杼（zhù 柱）：指织布机。 ② 砧杵（zhēn chǔ 针楚）：捣衣工具。砧：捣衣的垫石。杵：捶衣的木棒。 ③ 离宫：皇帝出巡所住的行宫。这里似暗指被金人幽囚的徽、钦二帝。离宫不过是委婉的说法。 ④ 豳（bīn 宾）诗：《诗经·豳风·七月》篇中有"七月在野，八月在宇，九月在户，十月蟋蟀入我床下"之句。 ⑤ "更苦"下：作者自注："宣政间（指宋徽宗政和、宣和年间），有士大夫制《蟋蟀吟》。"

而今又听到凄切的叫声,像私下密谈。
露水浸湿了门上的铜铺首,
青苔长满长石砌的井栏。
到处都曾听见蟋蟀的吟唱,
声音悲哀,好像在倾诉愁怨。
正是思妇不眠的夜晚,
起床寻找梭子纺织帛绢。
望着屏风上曲折的山岭,
夜凉袭来,独自一人有怎样的情绪体验。

仿佛西窗又吹来阵阵暗雨,
为谁下得这么频繁,时续时断,
跟捣衣声和成一片?
好像旅馆里游子在吟咏悲秋,
似乎离宫里宫娥在对月悼念,
还有别的数不清的伤感心酸。
《豳风·七月》诗写得含糊对付,
可笑的是在篱笆里提灯呼喊,
那些世间捉蟋蟀的男女少年。
如果把蟋蟀的悲鸣谱入琴曲,
一声声更是苦不堪言。

# 江 梅 引

这首词主要以记梦的方式，表达了对合肥恋人的思念。先用昔日“几度小窗幽梦手同携”衬托“今夜梦中无觅处”，梦寐相见亦难，可见其相思之苦，何等之深！然后用“湿红”三句换一角度记梦，写恋人的梦魂虽然未到，但泪湿书信，百无聊赖，情与己同。而旧时巷陌，不见其人，旧约扁舟，付之东流，则又转笔写自己梦中的感叹。“歌罢”以下，写梦醒后的心情。相思之念又揉进自己身世的飘零之感，用一“泪”字，将作者的凄怆情怀，尽融其中。

丙辰之冬[1]，予留梁溪[2]，将诣淮而不得[3]，因梦思以述志。

人间离别易多时[4]，见梅枝，忽相思。几度小窗幽梦手同携。今夜梦中无觅处，漫徘徊，寒侵被，尚未知。

湿红恨墨浅封题[5]，宝筝空[6]，无雁飞[7]。俊游巷陌，算空有、古木斜晖。旧约扁舟[8]，心事已成非。歌罢淮南春草赋[9]，又萋萋。漂零客，泪满衣。

【翻译】

庆元二年的冬天，我留在无锡，将往合肥而不能实现，依照梦中所思以记述自己的感情。

人世间的离别容易看重时节，

见梅枝，相思情忽地涌上心头。

---

① 丙辰：宋宁宗庆元二年(1196)。 ② 梁溪：今江苏无锡。 ③ 淮：淮河。这里代指合肥。 ④ 易多时：容易看重时令节候。多：注重。 ⑤ 封题：指书信。 ⑥ 宝筝(zhēng 争)：装饰精美的筝，一种弹拨乐器。 ⑦ 雁飞：指雁足传书。见柳永《倾杯》注。本句比喻无人传书。 ⑧ "旧约"句：化用范蠡携西施扁舟泛五湖事。见秦观《望海潮》其二注。 ⑨ 淮南春草赋：指淮南小山《招隐士》赋。其中有"王孙游兮不归，春草生兮萋萋"之句。此处暗以"王孙"比拟自己。

几回小窗内幽深的梦里，
花间漫步手牵手。
今夜梦中找不到你，
我徒自徘徊独游。
梦中我还未感觉，
寒气已将衾被浸透。

眼泪沾湿了红笺，
怨恨饱和着墨迹。
淡淡地封了信函，题了信头。
宝筝空放久不弹，
没有飞雁把书投。
风流地游荡在大街小巷，
想来只有古树斜阳空自留。
旧日小舟共载的盟约，
美好的心愿已付之东流。
唱罢淮南小山“王孙不归”的诗句，
恰好又是春草萋萋的时候。
四处漂泊的游子，
思念往事，泪满衣袖。

# 浣溪沙

丙辰岁不尽五日①，吴松作②

庆元二年，姜夔已移家杭州。他在这一年浪游了无锡等地之后，于岁暮归家。此词是舟过吴松而作。上片三句用“重云”、“愁过”、“打头风浪恶禁持”写归途的艰辛和他沉重而凄凉的心情，下片三句用春之来临，想到家中长高的小梅树，反映了作者由悲而喜，急盼归家的感情变化。一个“要”字，使人如睹作者与其家人互相盼念的情景。

① 丙辰：见上篇《江梅引》注。 ② 吴松：今江苏吴江市。

雁怯重云不肯啼，画船愁过石塘西①，打头风浪恶禁持②？　春浦渐生迎棹绿③，小梅应长亚门枝，一年灯火要人归④。

**【翻译】**

庆元二年除夕前五日，在吴江县作。

雁群畏怯重重阴云，
默默飞行，不肯哀啼。
画船最担心，
驶过石塘向西。
阵阵顶头风浪，
叫人怎么撑持？

家乡的江上，春水一天天升涨，
悠悠绿水，迎接着归来的舟楫。
家门前的小梅想来长大了，

---

① 石塘：在苏州小长桥边，垒石而成。 ② 恶(wū 乌)：怎么、如何。 ③ 棹(zhào 赵)：船桨，这里指船。 ④ 要(yāo 腰)：邀请，召唤。

枝条差不多高与门齐。

一年将过去，家家迎除夕，

那明亮的灯火，召唤人快快归去。

# 鹧 鸪 天

## 正月十一日观灯①

此词作于庆元三年(1197)正月,写作者在杭州观灯的感触。词中用达官贵人的华贵气派,对比自己寒士生活的冷清;又以花灯、明月、春意,反衬出了自己老来悲凉的心境。

巷陌风光纵赏时,笼纱未出马先嘶②。白头居士无

① 观灯:南宋临安(今浙江杭州)元宵(阴历正月十五日夜)灯节前,已开始试灯,叫做"预赏"。见周密《武林旧事》卷二。 ② 笼纱:蒙纱的灯笼。

呵殿①，只有乘肩小女随。　　花满市，月侵衣，少年情事老来悲。沙河塘上春寒浅②，看了游人缓缓归③。



**【翻译】**

街道上的风光，
在纵情赏灯的时候，
豪贵家的纱灯笼还未出门，
门外的马儿已在嘶吼。
我这白发苍苍的平民百姓，
没有随从呼前拥后。
只有相随作伴的小女，
坐在自己的肩头。

花灯满街满市，
月光映照衣裘。
少年时的赏心乐事，
老来却是悲凉的感受。
来到繁华的沙河塘上，



---

① 白头居士：作者自称。呵殿：达官贵人出行，侍从前呼后拥，在前面喝道的称"呵"，在后面随从的称"殿"。 ② 沙河塘：杭州的街名，是宋时的繁华区，在余杭门内。因为门外有里沙河堰，因而以沙河塘为街名。 ③ 看了：看灯完了。

初春稍微有点寒冷气候，
看完了灯的游人们，
慢慢地朝家中行走。

# 鹧　鸪　天

元夕有所梦

本词写于庆元三年(1197)元夕(即元宵)。作者时已四十多岁。词中思念二十多年前在合肥邂逅的恋人,上片悲感流水无穷,离恨不尽,再见无期,求之梦寐;而梦境隐约依稀,梦醒幻想惊破,更觉悲苦。下片写春浅愁深,久别人老,以"两处沉吟各自知"写出了作者与其恋人心心相印的真挚感情。这首小令是作者的名篇,用笔刚劲,感情缠绵,婉转深入,曲尽其情。

肥水东流无尽期①，当初不合种相思。梦中未比丹青见，暗里忽惊山鸟啼。　　春未绿，鬓先丝，人间别久不成悲。谁教岁岁红莲夜②，两处沉吟各自知。

【翻译】

肥水东流，

没有停止的那一天。

当初真不该把相思种在心田。

梦中的她依稀恍惚，

还不如与她的画像见面。

暗地里忽然把梦惊醒，

被那山鸟一声啼唤。

春风还未染绿大地，

鬓发却先有素丝出现。

人间离别太久了，

反而激动不起悲伤情感。

① 肥水：源出安徽省合肥市西南紫蓬山，北流三十里分为二，一条东流经合肥入巢湖，一条西北流至寿州入淮水。这里指东流之水。② 红莲：喻火焰，指元宵节的灯火。

是谁使得年年都有点灯的元宵夜，
这两地沉吟相思的滋味，
只有各人自己来体验。

## 永遇乐

次稼轩北固楼词韵①

宋宁宗嘉泰四年(1204),当政的韩侂胄准备北伐金国,于是委派辛弃疾由浙东安抚使转任镇江知府,进行北伐的准备。辛弃疾于次年的开禧元年(1205),写下了有名的《永遇乐·京口北固亭怀古》词。姜夔这首词,就是为和辛弃疾怀古词而作。本词上片写镇江的风光及地形的重要,指出辛氏镇守京口,军容威武,北伐大计有了转机和希望。下片用诸葛亮、桓温来比拟辛

① 次韵:亦称步韵,依次按照原诗词的原韵字,写作应和的诗词。稼轩:南宋词人辛弃疾的号。北固楼:即北固亭,又名北顾亭。在京口(今江苏镇江市)北固山上,下临长江,地势险要。

氏，赞扬他的才略，堪负此大任，并以中原人民的急切希望，来激励辛氏进兵中原，恢复沦丧的故土。全词感情激昂，表现了作者对国家民族命运的关心。此词气魄宏大，笔力雄健，接近辛词的风格，可与辛弃疾《京口北固亭怀古》词并读。

云鬲迷楼①，苔封很石②，人向何处？数骑秋烟③，一篙寒汐④，千古空来去。使君心在，苍厓绿嶂⑤，苦被北门留住⑥。有尊中酒、差可饮⑦，大旗尽绣熊虎。　　前



① 鬲：通“隔”。迷楼：隋炀帝在扬州所建。见秦观《望海潮》注。这句意思是说，历史上亡国的教训早已忘却。 ② 很石：北固山上有甘露寺，三国时孙权所建。寺内有块石，状如伏羊，叫做很石（语出《史记·项羽本纪》：“很如羊。”“很”通“狠”）。相传孙权曾坐石上，与刘备共商联合抗击曹操的大计。此句暗含久无人谈论恢复中原大业的慨叹。 ③ 骑（jì 寄）：骑兵。 ④ 汐：晚潮。 ⑤“使君”二句：辛弃疾从绍熙五年（1194）在福建安抚使任上被谏官弹劾，归隐江西上饶的带湖和铅山的瓢泉之间，历时十年。这里是说辛弃疾的心还留在山水隐居中。这只是一种巧妙的说法。使君：指辛弃疾。汉时称刺史为使君，汉以后用以称州郡长官。 ⑥ 北门：北方的门户，指镇江。这时南宋与金以淮水为界，镇江已成为北疆门户，故称北门。 ⑦“有尊”句：用东晋桓温“京口酒可饮，兵可用”的话（见《晋书·郗超传》）。尊：酒器。差可：还可以。

身诸葛①，来游此地，数语便酬三顾。楼外冥冥，江皋隐隐，认得征西路②。中原生聚③，神京耆老④，南望长淮金鼓。问当时、依依种柳，至今在否⑤？

【翻译】

江上的烟云隔阻迷楼，

很石上苔藓密布。

志士仁人都哪里去了？

有几匹战马消逝在濛濛秋雾，

有一只渔船飘流在寒潮起伏，

就这样来了又去，

白白地历尽千古！

使君心在青山绿水，

---

① 诸葛：指三国时的政治家、军事家诸葛亮。他早年避难荆州，隐居隆中（今湖北襄阳），刘备三顾茅庐，他才出山，辅佐刘备联吴抗曹，并西取益州，建立了蜀汉政权。 ② 征西：代指桓温。桓温曾拜征西大将军，渡江西征。 ③ 生聚：繁殖人口，聚积物力。春秋时，吴国灭越，越王勾践“十年生聚，而十年教训”（《左传·哀公元年》），发誓复国灭吴。这指中原人民矢志抗金。 ④ 神京：指北宋京城汴梁。耆（qí 其）老：父老。古代六十老人称耆。 ⑤“问当时”二句：这里化用桓温当年北伐事比况辛弃疾，意即光阴易逝，期望他能及时建功立业，进兵中原。桓温感慨柳树事，见《长亭怨慢》注。

却被国家北大门苦苦留住。
好在杯中有酒，还可一饮，
何况军中大旗上尽绣着熊和虎。

你的前身诸葛孔明，
来到此地一游，
数语便报答了先主的三顾茅庐。
楼外濛濛迷雾，
江岸隐隐约约，
但你认得桓温北伐的道路。
中原人民在积聚力量，
汴京父老向南盼望淮河响起反攻的战鼓。
请问当年
你在北方栽种的柔嫩柳树，
而今不知还在不？

# 《古代文史名著选译丛书》编纂始末①

马樟根　安平秋





今年 1 月，《古代文史名著选译丛书》已经出到 100 种 101 册（其中《史记》为 2 册）。4 月份，最后的 33 种也已交稿。这样，全书 133 种即将呈献在读者面前。② 一项服务当前、造福子孙的普及优秀古代文化、进行爱国教育的大工程将宣告完工了。回想

① 《古代文史名著选译丛书》由全国高校古籍整理研究工作委员会主持，古委会直接联系的 18 个古籍整理研究所为主要承担机构，章培恒、安平秋、马樟根任主编。本文于 1992 年 4 月，在《中国典籍与文化》杂志发表时题目是《衣带渐宽终不悔——〈古代文史名著选译丛书〉编纂始末》。这次将此文作为 2011 年修订版附录时，去掉原正标题，以原副标题为正式题目。 ② 至 1994 年 4 月最后定稿时，全书为 135 部。2011 年修订版出版时，全书为 134 部。

这一套丛书动员18所院校，投入100余人，从1985年筹划，1986年起步，到今天已度过了六七年的岁月，个中甘辛令人难以忘怀。

## 一、北大·苏州·北大

——酝酿与筹划

编纂这样一套丛书，起因于1981年7月。当时陈云同志派人到北京大学召开了小型座谈会。来人告诉与会人员陈云同志最近在考虑两个问题：一个是粮食，一个是古籍整理。对古籍整理，特别讲到陈云同志说："整理古籍，为了让更多的人看得懂，仅作标点、注释、校勘、训诂还不够，要有今译，争取做到能读报纸的人多数都能看懂。有了今译，年轻人看得懂，觉得有意思，才会有兴趣去阅读。今译要经过选择，要列出一个精选的古籍今译的目录，不要贪多。"这就是后来收入《陈云文选》的那段话。1981年9月，中共中央关于整理我国古籍的文件中一字不差地强调了这段话。1983年，教育部成立了全国高校古籍整理研究工作委员会(简称古委会)。古委会主任周林同志根据中央和陈云同志意见，提出了组织力量今译古籍。但在当时，经过"文革”后的古籍整理工作百废待兴，加之一些学者对今译重要性的认识远非今日之深，这一工作一拖便是两年。

1985年5月，全国高校古委会在苏州召开了一届二次会议。周林同志在会上作了“人才培养和古代文化遗产普及问题”的专题发言，他分析了“解放三十多年来，由于‘左’的路线干扰，特别是‘文化大革命’，几乎使我们的民族文化到了中断的边缘，出现了对古代文化知之不多，或知之甚少的状况”，要教育界的同志“做好普及古代文化知识的工作”，搞好古籍的今注今译就是其中的一项重要任务，“高校古委会要在这方面多下功夫”，“高校古籍研究所无疑应担负起这个任务”。他针对当时一些人轻视古籍的今注今译思想，呼吁“我们对于选本、今译等有利于教育普及的东西，应承认它的学术价值”，“《昭明文选》、《唐诗三百首》、《古文观止》等是地道的选本，流传几百年，发生那么大的影响，能说没有水平？”“专家们深入浅出的在对古文献研究基础上的译注，对普及古代优秀文化作出重大贡献，算不算高水平的成果呢？”“古文既要译得恰当、准确，又要通畅易懂，难度是很大的”，“为了社会主义精神文明建设，古籍整理这方面也要作出应有的贡献”。一石激浪，沉寂了几年的今译古籍的话题又重新活跃起来。会上作了一番认真讨论。

经过这样的酝酿，1985 年 7 月，全国高校古委会科研项目评审组的专家们聚集在北京大学勺园，筹划编纂一套古籍今译的精选本。初步定名为《古籍今译丛书》，议定了收书范围、内容，开列了 65 种书的选目。并决定由科研项目专家评审组召集人、复旦大学古籍所所长章培恒教授和参加过陈云同志在北大召开座谈会、当时古委会主管科研工作的副秘书长安平秋同志共同负责，与秘书处同志一起具体筹划。经几个月的筹备，决定由古委会直接联系的 18 个高校古籍研究所承担这一工作，组成编委会，并开列出 89 种书的选目，对选译的进度、规划亦作了设计。此时，几家出版社闻讯而至，表示愿意出版这套丛书。最早与我们联系的巴蜀书社的段文桂社长以其强烈的事业心和对古籍今译的高度重视感动了我们，于是决定邀请巴蜀书社编辑参加第一次编委会议。

## 二、从柳浪闻莺到桂子山上

——第一批书稿的产生

第一次编委会于 1986 年 5 月在杭州柳莺宾馆

召开。宾馆因位于西湖十景之一的柳浪闻莺而得名。全国高校18个研究所的24名学者和有关人员聚集在这风景胜地,无心观柳,亦无从闻莺,紧张地工作了三天。会上确定了这套普及读物的读者对象是具有中等以上文化程度的广大群众,收书范围是中国历代文史名著,在名著之中选精。所选书目,在原拟89种基础上,调整为116种,以形成系统性。书中选篇之下分提示、原文、今译、注释四部分,以译文为主,书前有一前言,书中加入必要的插图。每一种书约10—15万字。书名确定为《古代文史名著选译丛书》。即由到会的24位学者组成丛书编委会①,由章培恒、马樟根、安平秋三人任主编。于是,编委会立即分成三个工作小组,在会上分头拟出丛书《凡例》、《编写、审稿要求》和《文稿书写格式》,经讨论修改而形成了正式文字以供遵循。在

① 编委会成员按姓氏笔划排列为:
马樟根　平慧善　安平秋　刘烈茂　许嘉璐　李国祥
金开诚　周勋初　宗福邦　段文桂　董治安　倪其心
黄永年　章培恒　曾枣庄(以上为常务编委)
王达津　吕绍纲　刘仁清　刘乾先　李运益　杨金鼎
曹亦冰　常绍温　裴汝诚(以上为编委)

自报的前提下，会上确定了由18个研究所承担前40部书的今译任务，要求当年年底完成。古委会主任、丛书顾问周林同志对编委会的认真精神、紧张工作和显著效率十分赞赏，他说："有这样一个编委会，有这样一个阵容来做选译，使中国历史文化不成为专属于少数人的知识，使能看报纸的人都读懂自己民族的名著，从而树立爱国主义、建设有民族特色的精神文明，其意义之深远将会在今后愈益显露出来。"于是，有1000余万字的大工程便从这里开始了。

当年年底各研究所的今译书稿经作者完成后，由在该所的编委审改，到1987年5月和7月，先后在复旦大学、北京大学两次召开编委审稿会。这种审稿会，说是审稿，实际上是边审边改，字斟句酌，每部书稿必须经一位编委、一位常务编委审改把关，经过这样两道工序，汇总到主编手中，40部书稿通过了25部。其中部分书稿赶印了样稿征求意见。于是周林同志于7月6日在北大临湖轩邀请了在京十几位专家与正在审稿的编委一起研究样稿，探讨如何提高这套今译丛书的质量。

根据编委审稿发现的问题和在京专家们的意

见，从书亟需在已定体例的框架中条列细则；而出版单位巴蜀书社又希望所出版的第一批书为50种以便形成格局，需要布置各研究所承担新的今译任务。这样，1987年10月在华中师范大学再次召开了编委会，又请了詹锳、周振甫、刘乃和、郭预衡等先生到会指导。

这次编委会是在审看了40部书稿后，发现了一大批问题亟待解决，又是在需要布置下一步任务的状况下召开的，是一次承上启下的编委会。会议初期人们的心情和会上的气氛都带有一股子严峻与急切。会议从5日到8日开了三天半。但是在4日晚上开预备会的时候，主编章培恒先生尚未到会，亦无他是否已从上海出发的信息。5日上午就要开会了，主编不到怎么行呢？5日一早，我们还在沉睡之中，忽听有人敲门，进来的竟是章培恒！一向风神儒雅、衣装考究的章培恒先生，此时却是一身尘灰、满脸疲惫地站在我们面前。原来他从上海出发前，未能买到机票或船票，而上海到武汉又没有直达火车，只好先从上海坐火车到长沙，为了不误5日上午开会，他只好买了一张无座票，夜间从长沙出发一直站到武昌。一向走路辨不清方向的章培恒竟然在夜色未退之前一人从车站摸到了华中师大专家楼，也算是奇迹。

这次编委会，从体例的具体要求、书中选篇是否合适、每篇中的提示如何写、注释的繁简和语言的通俗性，到今译的信达雅如何把握，例如李白的“床前明月光，疑是地上霜，举头望明月，低头思故乡”这样通俗的诗是否要翻译，在在都有热烈的争论。感谢编委们的努力和学术判断力，最后终于形成了一个《细则》，一切争论都统一在这个《细则》之上。编委们在思想明确、分得新的任务之后，显出了少有的轻松与喜悦。会议结束正逢中秋节，华中师大的专家楼坐落在武昌桂子山上。入夜，桂子山上举行了赏月茶会，几张方桌，围坐着全体编委和特邀到会专家。天上明月如盘，清辉洒地，眼前桂树葱茏，桂花飘香，华中师大古籍研究所的青年们活跃席间，引得王达津先生即席赋诗，刘乃和先生清唱京戏。这气氛预示着《古代文史名著选译丛书》克服了当前的困难，第一批50种书稿有如母腹中的胎儿，快要降生了。

## 三、华清池畔的愁云与人民大会堂的欢欣

——第一批书出版的柳暗花明

1988年10月，编委们再一次聚会，审定第一批

50种中的最后十几部书稿、修改第二批50种中的大量书稿。这次审稿是在“东枕华山、西拒咸阳”的骊山脚下、华清池滨的一家招待所。这里古朴而不豪华，食宿低廉却又实惠，审稿之余，左近有风景可观，有古迹可寻，房内有43℃的温汤沐浴，编委们平日在校教学、科研工作劳累而生活清苦，如今有这样的环境与条件，感到少有的惬意。我们作为主编觉得这也是对编委们两年来辛勤编书的一点补偿。但这种适意之感很快就被两件事所驱散。一件事是书稿的质量。几十部书稿交来，一经审看，从注译到体例完全合格的只有寥寥可数的三四部，余下的，或需小改，或需大改，或根本不合格需退回重作。另一件事是出版发行成了问题。到会的巴蜀书社副社长黄葵同志向大家通报了即将印出的16本书征订情况，最多的为2000册，且只有一种，其他的只有800册、600册，甚至还有200余册。征订不佳，销路不畅，出书要赔钱，出版社为难，编委们又无计可施。此时哪还有心思去观赏“骊山云树郁苍苍，历尽周秦与汉唐”？也无心绪登上骊山，在烽火台前怀古。且正值“楼台八月凉”的节令，只有华清池畔秋雨飘零，秋风瑟瑟，落叶满地，不禁愁从中来。

愁则愁，还得面对现实。书稿质量不高，靠到会近20位编委十余天的逐字逐句修改，终于改定合格17部。至于出版发行问题，巴蜀书社的朋友费心经营，重新设计了封面，改进装帧，将第一批50种装成一个大礼品盒，成盒出售。从中又得到了国家新闻出版署、四川省出版局、国家教委有关司局和各省市教委的大力支持与帮助，发行面得以扩大，到了1990年下半年，首印的17000套书销售已尽，而问讯、索购者不绝，出版社决定再印30000套以供读者需要。中央领导了解到这套丛书受到读者欢迎，欣然为丛书题辞，江泽民总书记的题辞是“做好我国古代文史名著的传播普及工作，使其古为今用，以发扬爱国主义精神”，李鹏总理的题辞是“弘扬民族优秀文化，激励爱国主义精神”。李瑞环同志也为丛书题了辞。

1990年8月22日在北京人民大会堂召开了《古代文史名著选译丛书》出版座谈会。国家领导人李铁映、胡乔木、李德生、陈丕显、廖汉生、王汉斌、王光英出席，古委会主任周林同志主持会议，到会各阶层代表在发言中从不同角度肯定了这套书对促进青少年了解历史、了解国情、了解中华民族优秀传统文化、进行爱国主义教育的作用。时值盛夏，却逢喜雨，洗却了编委和出版社同志心中的忧虑，参加大会堂座谈会的13名常务编委会后又聚集在北京大学讨论深入认识编纂这套丛书的重大意义，研究审改好第二批书稿的具体措施。

## 四、从舜耕山庄耕作到乐山脚下

——第二批书稿审定之艰辛

第二批书稿50种50册，是1987年10月布置的。1988年10月在西安审改合格的17部书稿都已放入第一批中以替换原已通过的第一批中质量较差的书稿。这样，第二批书稿当时余下的已完成的有20余部，却都不合格，只能要求译注者和编委再行修改。一年之后，编委会汇总来重新改好和新译注交来的第二批书稿44部，1989年10月于济南千佛山下的舜耕山庄召开了常务编委审稿会。

这次审稿，发现的问题较多。有的选目不当，如有的史书重要人物的传不选却选入无关紧要而又无学习价值的人物传，有的名家的文章名篇不选却选入既无文学价值又无借鉴意义的篇章。有的选译所依据的底本不当，舍弃现有的精校本却用校勘不善的本子。有的虽有根据地改动正文却只在注释中说“原作……据别本改”，而不指明据何本改。有的注释过繁，不利于一般读者阅读；有的注释极简，该注释的地方不注，使广大读者看了译文仍无法理解全文的精妙；而更多的是注释不准确，对一字一词增字为训而歪曲了原意的毛病也较普遍。译文问题更多，有的语义不清，佶屈聱牙，把“三顾频烦天下计，两朝开济老臣心”译为“三顾茅庐频烦为天下大计，两朝事业开济尽老臣忠心”，有的为追求通俗生动把“君何往”中的“君”译为“老兄”。每篇的提示，有的写得很长变成了文章赏析，有的虽短却不中肯綮，用了类似“文革”期间的语言扣几顶大帽子了事。看这样的稿子都觉头痛，改这样的稿子更感艰难。审稿历时 12 天，参加审稿、当时 63 岁的黄永年先生向我们诉苦：“头发掉了一把！”有的编委说，千佛山古称历山，传说舜在这里开垦耕耘，十分艰辛，我们住在舜耕山庄，预示着我们为这套丛书垦荒笔耕，也要历尽千辛。这次审稿，经过审改之后，有 10 部书稿合格，有 11 部需会后再作小的修改方能通过，余下的均需作大的改动或另请人译注。

这次审稿还研究了所选戏曲部分的曲辞如何今译问题，如规定了念白中出现的诗句只注不译，上、下场诗只注不译，注而不译的文字在译文中应予保留以便参读。

到1990年12月，丛书常务编委在广州研究丛书如何体现批判继承精神、如何提高第二批书稿质量时，又有18部书稿完成交来。为了保证书稿质量，使1991年上半年召开的常务编委审稿会得以顺利进行，我们三个主编从广州匆匆赶到北京，用了一周时间审看了这18部书稿，通过了7部，11部退改。当我们看完最后一部书稿碰头研究时，已是12月31日。在1990年一年内，我们仅仅通过了这7部书稿。加上1989年在舜耕山庄通过的10部，也仅有17部，尚差33部方足第二批的50部。

1991年5月，常务编委来到古称嘉州的乐山市，在乐山山腰的八仙洞宾馆继续审改第二批书稿。改稿时间只有十天，要力争将50部推出，其繁重可知。我们在改稿过程中，不禁想到明万历年间嘉州知州袁子让的诗句"登临始觉浮生苦"，想到这套丛书从起步到这次审改已历时5年，当初怎么也没有想到完成这套丛书会是如此的艰辛，真是登临始觉笔耕苦啊！

这次乐山审稿，通过了13部书稿。好在余下的20部书稿只须小改即可在会后交稿，终于在1991年8月将这20部书稿全部改定交巴蜀书社。第二批50部历时近四年终于定稿了。

## 五、在金陵古都作光辉的一结

——第三批书稿的完成

1990年12月据出版社的要求，这套丛书出齐当为150种，到乐山会上又修正为110种至125种，最后数字的确定根据最后一次审稿结果而定，合格的即入选，不合格的不再修改选入。根据这一共识，今年4月中旬，我们一部分常务编委聚集到六朝古都南京，从已经交来的35部书稿中选择经小改合格的书稿。经过十一天的劳作，选择、改定33部，由到会的常务编委、巴蜀书社的段文桂总编和编委、巴蜀书社的刘仁清副编审带回成都，将经由他们的继续辛苦而使《古代文史名著选译丛书》以133部、1500万字之数呈献给热爱中华文化的读者。

这套丛书从1986年5月起步，历时整整六年，平日繁细工作不计，仅编委大小审稿会就开了12次之多。丛书的发起人、顾问、古委会主任周林同志先后参加了8次审稿会，每次都自始至终和大家在一起，听取审稿情况，了解遇到的问题；当我们遇到困难的时候他为我们鼓劲，当我们感到欣喜的时候他提醒我们不可大意。这次他又和我们一起来到虎踞龙蟠的石头城下，为我们督阵，看我们能否为这套丛书作出光辉的一结。

此时此刻，我们与这次会议的东道主、丛书常务编委、南京大学的周勋初先生漫步在中山陵旁，想到今译丛书已基本完成，自然感到如释重负，但理智却使我们不敢轻松，我们期待着全书133部出齐之后专家、读者的评头品足。

1992年4月26日

（原载《中国典籍与文化》1992年第1期）

# 古代文史名著选译丛书(修订版)总目

丛书主编:章培恒　安平秋　马樟根

| 书　名 | 译注者 | 审阅者 | 定价/元 |
|---|---|---|---|
| 老子注译 | 张玉春　金国泰 | 安平秋 | 16.00 |
| 庄子选译 | 马美信 | 章培恒 | 18.00 |
| 荀子选译 | 雪　克　王云路 | 董治安　许嘉璐 | 19.00 |
| 申鉴中论选译 | 张　涛　傅根清 | 董治安 | 18.00 |
| 颜氏家训选译 | 黄永年 | 许嘉璐 | 15.00 |
| 论语注译 | 孙钦善 | 宗福邦 | 28.00 |
| 孟子选译 | 刘聿鑫　刘晓东 | 黄　葵 | 20.00 |
| 墨子选译 | 刘继华 | 董治安 | 14.00 |
| 韩非子选译 | 刘乾先　张在义 | 黄　葵 | 19.00 |
| 新序说苑选译 | 曹亦冰 | 倪其心 | 25.00 |
| 论衡选译 | 黄中业　陈恩林 | 许嘉璐 | 22.00 |
| 管子选译 | 缪文远　缪　伟 | 董治安 | 18.00 |
| 列子选译 | 王丽萍 | 周勋初　倪其心 | 19.00 |
| 韩诗外传选译 | 杜泽逊　庄大钧 | 董治安 | 24.00 |
| 盐铁论选译 | 孙香兰　刘光胜 | 黄永年 | 13.00 |
| 诗经选译 | 程俊英　蒋见元 | 刘仁清 | 19.00 |
| 楚辞选译 | 徐建华　金舒年 | 金开诚 | 15.00 |
| 贾谊文选译 | 徐　超　王洲明 | 安平秋 | 17.00 |
| 司马相如文选译 | 费振刚　仇仲谦 | 安平秋 | 11.00 |
| 文心雕龙选译 | 周振甫 | 黄永年 | 17.00 |
| 庾信诗文选译 | 许逸民 | 安平秋 | 18.00 |

| 书　名 | 译注者 | | 审阅者 | | 定价/元 |
|---|---|---|---|---|---|
| 嵇康诗文选译 | 武秀成 | | 倪其心 | | 18.00 |
| 谢灵运鲍照诗选译 | 刘心明 | | 周勋初 | | 18.00 |
| 陈子昂诗文选译 | 王　岚 | | 周勋初 | 倪其心 | 14.00 |
| 李白诗选译 | 詹　锳 | 等 | 章培恒 | | 22.00 |
| 高适岑参诗选译 | 谢楚发 | | 黄永年 | | 23.00 |
| 元稹白居易诗选译 | 吴大逵 | 马秀娟 | 宗福邦 | | 21.00 |
| 柳宗元诗文选译 | 王松龄 | 杨立扬 | 周勋初 | | 18.00 |
| 李贺诗选译 | 冯浩菲 | 徐传武 | 刘仁清 | | 20.00 |
| 杜牧诗文选译 | 吴　鸥 | | 黄永年 | | 14.00 |
| 李商隐诗选译 | 陈永正 | | 倪其心 | | 19.00 |
| 唐五代词选译 | 亦　冬 | | 董治安 | | 16.00 |
| 唐文粹选译 | 张宏生 | | 周勋初 | | 18.00 |
| 晚唐小品文选译 | 顾歆艺 | | 平慧善 | | 15.00 |
| 黄庭坚诗文选译 | 朱安群 | 等 | 倪其心 | | 18.00 |
| 辛弃疾词选译 | 杨　忠 | | 刘烈茂 | | 24.00 |
| 元好问诗选译 | 郑力民 | | 宗福邦 | | 20.00 |
| 宋四家词选译 | 王晓波 | | 倪其心 | | 16.00 |
| 黄宗羲诗文选译 | 平慧善 | 卢敦基 | 马樟根 | | 15.00 |
| 吴伟业诗选译 | 黄永年 | 马雪芹 | 安平秋 | | 20.00 |
| 方苞姚鼐文选译 | 杨荣祥 | | 安平秋 | | 20.00 |
| 明代散文选译 | 田南池 | | 马樟根 | | 22.00 |
| 顾炎武诗文选译 | 李永祜 | 郭成韬 | 刘烈茂 | | 23.00 |
| 张衡诗文选译 | 张在义<br>韩格平 | 张玉春 | 刘仁清 | | 16.00 |
| 汉诗选译 | 张永鑫 | 刘桂秋 | 金开诚 | | 19.00 |

| 书　名 | 译注者 | 审阅者 | 定价/元 |
|---|---|---|---|
| 阮籍诗文选译 | 倪其心 | 刘仁清 | 15.00 |
| 三曹诗选译 | 殷义祥 | 刘仁清 | 22.00 |
| 诸葛亮文选译 | 袁钟仁 | 董治安 | 16.00 |
| 陶渊明诗文选译 | 谢先俊　王勋敏 | 平慧善 | 16.00 |
| 杜甫诗选译 | 倪其心　吴　鸥 | 黄永年 | 17.00 |
| 王维诗选译 | 邓安生　等 | 倪其心 | 20.00 |
| 刘禹锡诗文选译 | 梁守中 | 倪其心 | 20.00 |
| 孟浩然诗选译 | 邓安生　孙佩君 | 马樟根 | 18.00 |
| 韩愈诗文选译 | 黄永年 | 李国祥 | 20.00 |
| 欧阳修诗文选译 | 林冠群　周济夫 | 曾枣庄 | 20.00 |
| 曾巩诗文选译 | 祝尚书 | 曾枣庄 | 19.00 |
| 苏轼诗文选译 | 曾枣庄　曾　弢 | 章培恒 | 23.00 |
| 李清照诗文词选译 | 平慧善 | 马樟根 | 15.00 |
| 陆游诗词选译 | 张永鑫　刘桂秋 | 黄　葵 | 24.00 |
| 朱熹诗文选译 | 黄　珅 | 曾枣庄 | 20.00 |
| 文天祥诗文选译 | 邓碧清 | 曾枣庄 | 20.00 |
| 袁枚诗文选译 | 李灵年　李泽平 | 倪其心 | 20.00 |
| 王安石诗文选译 | 马秀娟 | 刘烈茂　宗福邦 | 18.00 |
| 二程文选译 | 郭　齐 | 曾枣庄 | 25.00 |
| 范成大杨万里诗词选译 | 朱德才　杨　燕 | 董治安 | 26.00 |
| 萨都剌诗词选译 | 龙德寿 | 曾枣庄 | 28.00 |
| 王阳明诗文选译 | 吴　格 | 章培恒 | 18.00 |
| 徐渭诗文选译 | 傅　杰 | 许嘉璐　刘仁清 | 17.00 |
| 李贽文选译 | 陈蔚松　顾志华 | 李国祥　曾枣庄 | 17.00 |

| 书　名 | 译注者 | | 审阅者 | 定价/元 |
| --- | --- | --- | --- | --- |
| 三袁诗文选译 | 任巧珍 | | 董治安 | 17.00 |
| 王士禛诗选译 | 王小舒 | 陈广澧 | 黄永年 | 13.00 |
| 龚自珍诗文选译 | 朱邦蔚 | 关道雄 | 周勋初 | 13.00 |
| 尚书选译 | 李国祥<br>谢贵安 | 刘韶军<br>庞子朝 | 宗福邦 | 14.00 |
| 礼记选译 | 朱正义 | 林开甲 | 宗福邦 | 22.00 |
| 左传选译 | 陈世铙 | | 董治安 | 22.00 |
| 国语选译 | 高振铎 | 刘乾先 | 黄　葵 | 22.00 |
| 战国策选译 | 任　重 | 霍旭东 | 李国祥 | 21.00 |
| 吕氏春秋选译 | 刘文忠 | | 董治安 | 17.00 |
| 吴越春秋选译 | 郁　默 | | 倪其心 | 19.00 |
| 史记选译 | 李国祥<br>张三夕 | 李长弓 | 安平秋 | 29.00 |
| 汉书选译 | 张世俊 | 任巧珍 | 李国祥 | 22.00 |
| 后汉书选译 | 李国祥<br>彭益林 | 杨　昶 | 许嘉璐 | 24.00 |
| 三国志选译 | 刘　琳 | | 黄　葵 | 18.00 |
| 晋书选译 | 杜宝元 | | 许嘉璐 | 15.00 |
| 宋书选译 | 漆泽邦 | 孔　毅 | 李国祥 | 19.00 |
| 南齐书选译 | 徐克谦 | | 周勋初 | 18.00 |
| 北齐书选译 | 黄永年 | | 安平秋 | 16.00 |
| 梁书选译 | 于　白 | | 周勋初 | 17.00 |
| 陈书选译 | 赵　益 | | 周勋初 | 17.00 |
| 南史选译 | 漆泽邦 | | 安平秋 | 22.00 |
| 北史选译 | 刁忠民 | | 段文桂 | 20.00 |

| 书　名 | 译注者 | 审阅者 | 定价/元 |
| --- | --- | --- | --- |
| 周书选译 | 黄永年 | 安平秋 | 15.00 |
| 魏书选译 | 杨世文　郑　晔 | 周勋初 | 22.00 |
| 隋书选译 | 武秀成　赵　益 | 周勋初 | 20.00 |
| 新唐书选译 | 雷巧玲　李成甲 | 黄永年 | 16.00 |
| 旧唐书选译 | 黄永年 | 章培恒 | 16.00 |
| 新五代史选译 | 李国祥　王玉德　姚伟钧 | 周勋初 | 18.00 |
| 旧五代史选译 | 贾二强 | 黄永年 | 17.00 |
| 宋史选译 | 淮　沛　汤　墨 | 曾枣庄 | 20.00 |
| 辽史选译 | 郭　齐　吴洪泽 | 曾枣庄 | 21.00 |
| 金史选译 | 杨世文　祝尚书　李文泽　王晓波 | 曾枣庄 | 21.00 |
| 元史选译 | 樊善国　徐　梓 | 马樟根 | 25.00 |
| 明史选译 | 杨　昶 | 李国祥 | 20.00 |
| 清史稿选译 | 黄　毅 | 章培恒 | 22.00 |
| 贞观政要选译 | 裴汝诚　王义耀 | 黄永年 | 18.00 |
| 史通选译 | 侯昌吉　钱安琪 | 周勋初 | 16.00 |
| 资治通鉴选译 | 李　庆 | 黄永年 | 16.00 |
| 续资治通鉴选译 | 徐光烈 | 安平秋 | 24.00 |
| 通鉴纪事本末选译 | 谈蓓芳 | 章培恒 | 21.00 |
| 洛阳伽蓝记选译 | 韩结根 | 章培恒 | 22.00 |
| 梦溪笔谈选译 | 李文泽 | 曾枣庄 | 20.00 |
| 徐霞客游记选译 | 周晓薇　等 | 黄永年　马樟根 | 17.00 |
| 宋代笔记小说选译 | 朱瑞熙　程君健 | 金开诚等 | 19.00 |
| 关汉卿杂剧选译 | 黄仕忠 | 刘烈茂 | 24.00 |

| 书　名 | 译注者 | 审阅者 | 定价/元 |
| --- | --- | --- | --- |
| 明代文言短篇小说选译 | 黄　敏 | 章培恒 | 23.00 |
| 六朝志怪小说选译 | 肖海波　罗少卿 | 刘仁清 | 21.00 |
| 世说新语选译 | 柳士镇　钱南秀 | 周勋初 | 23.00 |
| 水经注选译 | 赵望秦　段塔丽　张艳云 | 许嘉璐 | 19.00 |
| 唐人传奇选译 | 周　晨 | 曾枣庄 | 24.00 |
| 唐五代笔记小说选译 | 严　杰 | 周勋初 | 21.00 |
| 大慈恩寺三藏法师传选译 | 贾二强 | 黄永年 | 18.00 |
| 宋代传奇选译 | 姚　松 | 周勋初 | 22.00 |
| 聊斋志异选译 | 刘烈茂　欧阳世昌 | 章培恒 | 22.00 |
| 阅微草堂笔记选译 | 黄国声 | 安平秋 | 16.00 |
| 清代文言小说选译 | 王火青 | 周勋初 | 23.00 |
| 历代名画记图画见闻志选译 | 周晓薇　赵望秦 | 黄永年 | 17.00 |
| 容斋随笔选译 | 罗积勇 | 宗福邦 | 20.00 |
| 唐才子传选译 | 张　萍　陆三强 | 黄永年 | 24.00 |
| 西厢记选译 | 王立言 | 董治安 | 20.00 |
| 元代散曲选译 | 彭久安 | 刘烈茂　金开诚 | 21.00 |
| 日知录选译 | 张艳云　段塔丽 | 黄永年 | 22.00 |
| 桃花扇选译 | 张文澍 | 章培恒　段文桂 | 15.00 |
| 牡丹亭选译 | 卓连营 | 章培恒 | 14.00 |
| 长生殿选译 | 戚海燕 | 董治安 | 20.00 |